駆け出し探偵
フランシス・ベアード
の冒険

Miss Frances Baird, Detective
A Passage from Her Memoirs

レジナルド・ライト・カウフマン
平山雄一 訳

Reginald Wright Kaufman

国書刊行会

目次

駆け出し探偵フランシス・ベアードの冒険

フランシス・ベアードへ

フランシス

　君は探偵の倫理として、僕が君の活躍を記録するときに、本名を絶対に明かさないでほしいと言っていたね。僕は君の身元がばれないように舞台や日付を――さらに一つ二つの事実も――変更することにしたし、この「売文屋」の気まぐれに、君には何の責任もないと示そうとした。それから――。でもすべて無駄だった。君は頑固だ。だから僕はできることだけ、やることにした。君の名前に似た新しい名前を作り出し――この小説を、夏の夕べにコッド岬のヨットのデッキの上で、君が僕に語ってくれた内容に忠実に再現した。

　これですっかり自分の正体を隠すことができたと思うかい？　それとも一生懸命君のことを書いたのに、君のためにならなかっただろうか？　一八九七年にフィラデルフィアで、殺された司書のウィルソンの死体を発見したときに君と初めて会ってから、ずっと君に助けられている。四年前、ニューヨークで起きたモリニュー事件を、まだ新米の新聞記者がいきなり担当することになったとき、君は彼を助けて見事、解決に導いたことも覚えている。さらにバッファローのバーディック氏殺害事件もあったね。そのとき君が僕を迷宮から助け出してくれて、新聞記者としていちばん早く特ダネを発表させてもらった。マウント・ホリーのフェアーズ事件、イギリスのモート・ハウスでの殺人事件、アレンタウンのベクテル殺害事件、ナーバースのクルーガー殺人事件、どれも君が解決した。そのほかにももっとたくさんの事件を解決して僕に真相を教えてくれたが、あえてここでは触れないでおこう。
僕たちの友情は深く、また奇妙なものだ。かつての僕は、そして君は今でも、犯罪という庭園にまかれた種、人生の暗い面に仕事上の関心を抱いているからだ。しかしその種が貴重な花を咲かせることになった。僕は君に与えられてばかりだ。どんなに君のことをほめたって、君にお世話になった分の借りを返すことは、ずっとできないかもしれないね。

プエブロからニューヨークへの道中にて　　レジナルド・ライト・カウフマン

一九〇六年五月六日

第一章　デニーン家のダイヤモンド

雑用係の少年が、真っ赤な頭をドアのあいだから突き出した。

「ベアードさん」彼が声をかけてきた。

私は朝刊から目を上げた。まるで、学校の先生に校則違反はないかと、じろじろさっきまで観察されていた学生が、勉強しているふりをしていた本からぱっと顔を上げたみたいだ。

「何かしら？」私は質問で答えた。

「所長が用があるそうです」少年は言うと、いつも通りにやりと笑い、天使の輪が輝く頭は引っ込んだ。

ついに来てしまった。確かに、所長は私に用があるんだろう。彼の下でもう二年も働いている。〈ワトキンス探偵事務所〉に入ってから最初の十二ヶ月間は、けっこう手柄も立てていた——自分でそう言ったっていいじゃない——もっともそれは私の判断力や才能というよりも、幸運のおかげだったけれど——その後、同じくらいの期間、失敗ばかりだったのは否定できない。つい昨日だって、わが国でいちばん狡猾《こうかつ》な女性偽造犯人ベラ・ブリングハーストを、ライバルの市警察にまんまと逮捕されてしまった。私は一週間も、この犯人に手を伸ばせば届く距離にいたのに。もっとも、解雇されたショックから立ち直るために一ヶ月分の給料を余分にもらってクビになるのなら、まだましなのかもしれない。

私は立ち上がり、短い廊下を歩いて行って、すぐに雇い主のジョン・ワトキンス・シニアの前に立った。

大ワトキンスは――ちなみにこのお話には彼の息子、小ワトキンスは登場しない――背が高く、やせていた。この景気のいいご時勢に、経営者ではなく気楽な従業員だったとしたって、太ることもなく、細くて筋張った体格のままというのは、めずらしいことだ。くしゃくしゃの鉄灰色の髪の毛が、秀でた額の上にかかっており、もつれたひげを生やした顔の中から、優しそうな青い目がこちらをじっと見つめていた。

しかしこのときの私には、この目は優しいどころか厳しく見えた。所長は大きなロールトップ机の前から、回転椅子に座ったままぐるりとこちらに向きを変え、私にも座るよう身振りで示した。そこは強い北側からの光があたる、いつもだったら依頼人が座る席だった。

私はどうにか声を振り絞った。

「おはようございます」

ワトキンス所長はちゃんと挨拶をしたのに、無視した。

「ベアード君」彼は話し始めた。「君には本当にがっかりしたと言わざるをえないね――とてもひどくがっかりしているのだよ」

彼は一息ついたけれど、私は何も言えなかった。視線を上げることもできなかった。何か反応を期待されているのではないとわかっていたし、弁解の余地もなかったからだ。

「君の出だしは上々だった」所長は続けた。「大いに期待していた。しかしこの一年間、君は最初の一年から考えられない失敗だらけだ。君は三日前にドナルド・デューガンを逃がしてしまった。もっとも、彼がまだ逮捕されていないのは、君のせいではないが。ダラム強盗事件で失敗ばかりだった君は、フォン・ハンブルク宝石事件をしくじった。エベン・ストーナー老の離婚の件では、でくの坊以下だった。そして――まあ、すべてここで並べ立てても仕方あるまい。しかし今回のベラ・ブリングハースト事件では、クビになっても仕方ないだろうな」

再び彼は話をやめ、私はなんとかおわびの言葉を口にした。

「クビでも仕方ないです」私は弱々しく申し上げた。

「そうだ」彼に冷たく突き放されると、私は何と言っていいのかわからなくなった。「クビになってもおかしくない。それに私が言ったように」彼は続け、少しだけその口調が柔らかくなった。「本当に君には失望している。君は一流の女性探偵であるほとんどの条件はそろっている。何しろ君はネズミを恐れない。頭の回転が速い。上流階級のあいだでも、どう振る舞うかわかっている。若いしそれに――エヘン！――かわいらしい」

私は二度とはだまされない。平然としていたら、彼はしばらく机を長くて力強い指でコツコツと叩いたあと、また話し出した。

「もし君にそんな長所がなかったら――ああ、もちろん、厳然と仕事上で評価をしているのだよ――間違いなくすぐクビにしていたところだ。しかし君は最初の頃は長所をよく生かしていたから、クビにするのはもう少し待とう。とりあえずはごくごく簡単な仕事だけしてもらって――それでも失敗するようなら、そう、うちの仕事を辞めてもらわなくてはいけないね」

　これは実につらい通告だった。でももうお給料は一ヶ月分前借りしてあるし、下宿代は二ヶ月分ためてしまっている。ひきつった顔でその条件を飲んだ。まあ、とりあえず最悪の事態は避けられた。

「ありがとうございます、所長」私はさっき想像していた学生になったように、お礼を言った。「今すぐとりかかれる仕事はありますか？　さっそくにでも名誉挽回《ばんかい》したいと思います」

「今朝、何かあったはずだが」ワトキンス所長は答えた。「ジェームズ・J・デニーン氏のことは知っているかな？」

　私たちの仕事では、できるだけたくさんの人のことを知っておかなければいけないし、残りの知らない人についても――自分の上司に対してでさえ――知っているふりをしなくてはいけないのだ。だから私はこう言った。

「投資家の？」

「引退した起業家だ」所長は訂正した。

「ええ、少しは知っています。でも会ったことがあるかどうかは覚えていません。六十五歳ぐらいだったでしょうか。ロンドンで小さな宿屋の主人から始め、一八六九年にわが国にやってきました。ケンタッキー州の油田で財をなし、スタンダード石油に売却して大きな利益を出しました。第一次路面電車建設ブームで資産を倍にし、ウォール街で三倍にし、三年前、郊外の土地をブラック・スプリングス［作中でニューヨーク郊外にあるとされる架空の町］に購入しました。それ以来そこに住んでいるはずです」

　これでほぼ合っているはずだ。幸運が味方してくれた。ちょうどその朝、地下鉄のL線に乗っているときに、二人の男性がデニーン氏の経歴について話しているのを偶然聞いていたのだ。

面談が始まってから初めて、ワトキンス所長がにっこり微笑んだ。

「ほぼ君の言う通りだ」彼は認めた。「どこでそんな予備知識を仕入れたのかね？」

私はありもしないドレスのしわを伸ばす仕草をした。

「まあ」私は曖昧に説明した。「いつも仕事に役に立てようと思って、どんな情報でも頭に入れておくようにしているんです」

所長は再び咳《せき》払いをした。私の言うことを信じていないのは、明らかだ。そしてこんなごまかし方をするなんて、抜け目のないやつだと思っただろう。

「さて」彼は言った。「どこで仕入れた情報かは知らないが、今回の仕事ではそれだけ知っていれば十分だろう。デニーン氏の長男が数日後に結婚することになっている。ブラック・スプリングス近郊の父親の屋敷でパーティを開く。今晩はダンス・パーティだ。お祝いの行事が続き、さまざまな人間が屋敷を出入りする。依頼人は抜け目のない探偵に来てもらい、デニーン家のダイヤモンドの監視をしてもらいたいと言っているのだ。君はダイヤモンドのことも、当然知っているな？」

わあ、やられた！　私は真っ赤になって、知らないと言うしかなかった。

「よろしい」彼は言いながら、なぜかうれしそうだった。男性というものは、女性の鼻を明かしたと思うと、そんな顔になるのだ。「知らなくてもかまわない。デニーン氏がイングランドから持ってきた物だ。どうやって手に入れたのか誰も知らないし、今となってはデニーン氏は話そうとしないだろう。ともかく、彼はこちらに移り住んで何年もたってから、ようやくダイヤモンドを持っていることを認めた。

デニーン夫人がダイヤモンドを身に着けて、社交界に入り込もうとしたのでね。わが国でもめったにない上質の品物だ。最高品質の石が二百個使われているネックレス、巨大な日輪型ブローチが二つ、イヤリング一組、ほぼダイヤモンドでできたブレスレット三つで一組――それからほかに何かあるかもしれない。この貴重な財宝を、ジェームズ・デニーン・ジュニアの結婚相手ブレーズデール嬢へ贈るというわけだ。老人はこのことで少しおかしくなっている。いつもはダウンタウンにあるサリスベリー・ナショナル銀行の貸金庫に保管してあるのだが、さきほど言ったように、花嫁がそれを首につけて教会のバージンロードを無事に歩くまで、監視をしてほしいというのだ。

先日届いた彼からの手紙によると、今朝十一時三十分にここに来るという。さて」――ワトキンス所長は懐中時計を取り出した。彼は事務所内の置き時計は当てにしていない。あれは依頼人を急かすためにあるのだ。「今十一時二十五分だ。デニーン氏は昔気質のビジネスマンだから、時間ちょうどに来るだろう。一号室に行きなさい、ベアード君。耳を澄ませているのだ。君が出かける前にはもう会わないだろうから、経費を渡しておく」彼は私に札束を渡した。「そしていいかね、つまらない仕事かもしれないが――君がここで働き続けられるかどうかは、この仕事にかかっているのだよ」

私は怒りをぐっとこらえて、お札を受け取ると、彼が指示した部屋に行った――そこは小さくて薄暗い、従業員専用の待機部屋だ。ワトキンス所長の執務室の壁紙の裏に大きな穴があいていて、一号室に送り込まれた人間は、これから従事する仕事の依頼人がどんなことを所長に話しているか、姿を見られることなくはっきりと聞くことができるのだ。

第二章「盗聴パイプ」で

きゃしゃな扉を閉めるとすぐ、一号室にほかに誰かがいることに気がついた。盗み聞きの穴の脇の椅子にだらしなく腰掛けているのは、ワトキンス所長の部下の中でも若く野心満々の男、アンブローズ・ケンプだった。

これにむっとしたのは、二つの理由があった。第一に、最近の私の失敗について叱られているところを、所長が他人に盗み聞きをさせていたなんて、職業上のエチケットに反していると思ったからだ。そして第二に、この事件の相棒にするのなら、アンブローズ・ケンプ以外の人がよかったからだ。

この探偵は、先ほど言ったように、まだ若くて見た目もそんなに悪くなかった。それに、彼はかなり頭が切れるし、やろうと思えば――つまりいつもは違う――紳士らしく振る舞うことだってできた。背が低くしなやかで力強かった。丸い頭を絹のような黒髪が覆い、滑らかな黄褐色の肌をしていた。小さなワシ鼻、明るく黒い目に、同じく黒い短くカールした口ひげを生やしていた――すべてが、奇妙なラテン系の印象を与え、彼の名字とはひどく矛盾していた［ケンプはドイツ系の名字］。彼は確かいい学校に入ったが、入学してすぐに何かもめごとを起こして退学になり、大きなデパートの店員になったそうだ。そして本人の言葉によると、やがて店専属の探偵となり、さらに活躍の場を求めて〈ワトキンス探偵事務所〉という大手に来たとか。

ケンプがいい成績を上げているのは認める。ポータータウン銀行強盗事件を解決したし、業績をもう一つ挙げるなら、市警察がお蔵入りにしていたライアン＝シュルツ殺人事件を解決したのも彼だった。しかし私が解決不可能だとあきらめたエベン・ストーナーの離婚案件の証拠を、彼が手に入れたやり方には、何らかの不正行為があったのではないかと、ずっと疑っていた。それに何よりも、この自信過剰な男が私にあからさまに言いよってくるのは、プロとしてどうなの、と思っていた。

私が一号室に入ると、彼はなれなれしく笑いかけてきて、わざとらしくタバコを放り捨てた。

「おはよう、ベアードさん」彼は言いながら椅子から立ち上がった。「ここに座る？」

「けっこうです」私は答えながら、「盗聴パイプ」――私たちはその仕掛けをこう呼んでいた――の近くの椅子に座った。彼からいちばん遠いところだ。「このほうが便利よ。それに」私は冷淡に言った。「あなたがそこに先に座ってたんだし」

彼は笑い声を上げて、二列の真っ白で小さな歯並びを見せつけた。

「やだなあ」彼は弁解した。「仕方なかったんだ。信じてくれよ！　所長が僕を先にここに押し込んだんだ。まさか僕がいるのに、君を叱るなんて思わなかった。まあ、仕事ではよくあることだし、聞かれたって、なんてことないだろ。デニーン家のダイヤモンドを担当するんだろう？」

私はうなずいた。

「知ってるくせに」私は言った。

「だから」彼は抗議してきた。「僕のせいじゃないって言ってるだろ。こんないい相棒と組ませてもらって、うれしいのに」

それを聞いて、何と答えていいか言葉が見つからなかった。私はひどく怒っていて、でも言葉が口から飛び出す前に、ドアの上に取り付けてある「ブザー」が鳴った。依頼人がワトキンス所長の執務室に入ってくるという通告だ。だから私はとりあえず自分を抑え、言い合いは控えることにした。

私たちは何も言わずに、「盗聴パイプ」のそばにそれぞれ落ち着いた。そしてやがて、壁の向こう側から、ドアをそっと閉める音がした。

ワトキンス所長が立ち上がる音がした。

「デニーンさんでいらっしゃいますか？」彼は尋ねた。

「うむ、そうだ。ジョン・ワトキンスさんかね？」

その声は甲高く年寄りじみていたが、鋭く高慢そうだった。所長に対して無遠慮な態度をとっているので、ケンプはくすくす笑っていた。

「そうです、デニーンさん」所長は答えた。「エヘン！　ところで、うちの所員二人にブラック・スプリングスにあるお宅で、ダイヤモンドを一、二日監視してほしいということで、よろしいですか？」

「そういうことだ。で、いくらかかる？」

「そうですね、勤務内容によります、デニーンさん。二人がかりで、警備員にしか見えない男性が警備をするとすれば、さほどかからないのはご理解いただけるでしょう。しかしもしそちらの地元の上流階級の方々がなさっているように、探偵の服装や話し方や見た目をお客と同じにし、あなたが泥棒を恐れていることを誰にも気づかれないように警備するとなると、当然、うちの所員でも最高の、いちばん信用がおける者を派遣しますから、それなりには」

「ああ、うむ、そうしたいんだ、ワトキンスさん――あんたの言ったようにな。もう一つの案だったら、ここまで来ないさ。探偵だとわかる探偵を雇っても意味がない。言っておくがな、わしはダイヤモンドをそりゃあ大切にしている。だから同じようにしてもらいたいわけだ。誰にも気づかれないような探偵をよこしてほしい。屋敷に探偵がいると一人でも知ってしまえば、そいつは誰かにそのことを話す。そしてわしが知らないうちに、計画が皆にばれてしまう。すべてが済むまでは、家内に知らせるつもりもない。だからそちらからの手紙に書いてあったように、探偵たちは昔うちの会社で働いていた主任とその妹ということにして、結婚パーティに連れて行くつもりだ。さて、いくらかかるかね?」

しばらく彼らは料金交渉をしていた。おかげでジェームズ・J・デニーン氏がひと財産築いた理由の一つは、いったんつかんだお金は絶対に手放さなかったからだということがわかった。しかし結局、何とか合意したらしく、所長は茶番を演じきると、ベルを鳴らしてファッジを呼んだ。

「おい、君」依頼人の前だけの上機嫌そうな声音で言った。「ベアード君とケンプ君がいるかどうか見てきてくれたまえ」

雑用係の少年は、もちろんまっすぐ一号室へやってきた。

「ベアードさんとケンプさんはいらっしゃいますか?」彼はまるでその朝まだ一度も会っていないような顔をして言い、私たちは再び所長室へと入っていった。

デニーン氏は背が高くやせていて、いかめしい顔つきをした男性だった。長いあいだ彼を奮い立たせていた強靭《きょうじん》さは、彼を、引退したがまだまだ元気なかくしゃくとした老船長のように見せていた。頭は大きくて丸く、白髪がまばらに生えていた。顔はさっぱりとそり上げていたが、顎からのどにかけては、ごわごわした顎ひげが生えていて、広くあけてあるシャツのカラーのあいだを埋めていた。

体は健康そうだったけれど、神経は参っているのはすぐに見てとれた。しかしいまだに現役の仕事にしがみついて引退はしていない様子だ。顔には気苦労で深いしわができ、薄い一文字に結ばれた唇は、一、二分おきに痙攣《けいれん》し、鼻の上の赤いこぶ――唯一彼の顔で色がついているところ――の上では、恐怖におびえた、薄い色の出目がきょろきょろしていた。慣れない場所に来たからかもしれないが、ともかく、彼はまるで偽善行為をいきなり疑われた牧師のようだった。

ケンプと私は仰々しく紹介された。そして、私たちは何も知らされていない顔で、どういう仕事かを説明してもらったが、もう十分承知している内容だった。

説明のあいだ、デニーン氏は私たちをじろじろと観察していた。そして最終的に――目の端でちらりと確認したところ――十分満足した様子だった。

「わしには」彼は言った。「あんたたち二人が兄妹に見えるかどうかはわからんが、まあいいだろう。決めたよ。ワトキンスさん、契約をしよう」

「ありがとうございます」所長は答えた。「それで、いつ二人を行かせればよろしいですか？　ケンプ君はいつも緊急時に備えて荷造りはしてありますから、今すぐここから駅に荷物は送れますが、しかしおそらくベアード君は少し準備に時間がかかるでしょう。ハハハ！　女性っていうものをご存じでしょう、デニーンさん」

老人は唇を嚙《か》んだ。

「ああ、わかっとる」彼は言った。「まあ、これから銀行に行って、金庫からダ——あれを出してこないといけないからな。ケンプ君に一緒に行ってもらおうか。そして——ベアードさんとかいったか？うむ、ベアードさんは荷造りしてもらって、グランド・セントラル駅で一時間後に落ち合おう。いいかな？」

彼は私を見ながら、少し遠慮がちに質問した。そこで私はちょうどいいと答えた。これが私の探偵稼業のなかでも、奇妙きわまりない事件の始まりだった。

第三章　仲の悪い兄弟

デニーン氏はハドソン川沿いの大きな屋敷を「メイプル荘」と呼んでいた。そこはかの有名なヴァンクライン家［不詳。ニューヨークはかつてオランダの植民地でニューアムステルダムといったことから、初期植民地時代からの歴史を誇る名家の一つか］の土地だった。屋敷の様子は詳しく説明しなくてもいいだろう。よく絵に書かれた、一方に芝生がゆるやかに川岸へと傾斜を描き、反対側は牧草地や森が数マイル先まで広がっている光景は、みんな知っていると思う。デニーン氏の息子は、もともと大きな馬小屋をさらに建て増ししたそうだ。この屋敷のいちばんの見所である、大きく古い三階建ての屋敷が高台にそびえ立ち、あたりを見下ろしている姿は、長年にわたり元の持ち主とともに広く知られていた。

長く曲がりくねった砂利道を行き、この建物の名前の由来となった樹木のアーチの下を通っていった。この美しく古い屋敷は、静かで落ち着いた安らぎそのものだった。屋敷は広い屋根のついた回廊にぐるりと囲まれ、すべての一階の部屋は背の高いフランス窓から回廊に出られるようになっていた。屋敷の中に入ってみると、現在の住人からは予想しなかった趣味の内装になっていた。

美しい一対の月桂樹の下を通り、地味な制服を着た御者が操る馬車に揺られていると、デニーン氏が言った。「いいかね。いまどきの流行りなのか、地味な結婚式だ。ブレーズデール家は、うちの隣の、イヴリンと母親が相続した地所に住んでいるが、あまり豊かとは言えん。今回の祝い事はあちらの家ではなくわしが仕切ることにして、パーティもわが家で開く。結婚式そのものは火曜日にブラック・スプリングス聖公会教会で行う予定だ。結婚式に参列する人は少ないが、今日、土曜日の朝から、ちょっとしたお祝いを、うちでやることにした。何しろ娘っ子が結婚をするのはたいてい一生に一回だからな。そういうわけで出席者のほとんどはもうここにいる。あとはフレデリクス君が今晩来る。花嫁の付添人はブレーズデール家に泊まっている。今夜はダンス・パーティを開くから、近所の人々皆に招待状を出した。すべての結婚式の贈り物は二階の部屋に並べてあるので、そこであんたたちに監視してほしいのだ」

老人はそれまでの用心など忘れたように、無害な虚栄心をひけらかして話した。それを聞いていたケンプの顔を見て、私は内心ざまあみろと思った。私の相棒は、今回の仕事は彼にとって簡単すぎて、明らかに自分の能力が正当に評価されていないという不満がありありと顔に出ていたからだ。

「ところで」デニーン氏は御者に気づかれないように声を潜めて、「名前はどうする？　まだ決めていなかったと思うが？」

「名前ですって？」ケンプは繰り返した。

「ああ、なんと呼べばいい？」

「そうですね」私はあわてて口を挟んだ。「私たちの本名でけっこうです」

「だが兄と妹なんだろう？」

ケンプが答えようとしたので、私が再び遮った。

「私たちの母親は再婚したんです」私は言った。「それなら名字が違っていても大丈夫だと思います」

そのとき屋敷に到着した——そして私たちの部屋に——階段を上がったところにある結婚式の贈り物が飾ってある部屋の、両脇だった——案内された後にすぐに下に降りて、パーティのほかの出席者に紹介された。

彼らについて簡単に説明が必要だろう。まず、アーネスト・ステンジャーは、デニーン青年のイェール大学のクラスメイトだ。背が高くて色黒のハンサムなスポーツマン。そして彼の従兄弟のビリー・レミントンは、ニューヨークから来た、でっぷりとしたやり手の株式仲買人だ。そしてブレーズデール家からは可愛らしいブロンドのデイジー・ウォルシュと双子の妹ベティが来ていた。二人はそっくりだけれど、見分けられないというほどではない。

反対にデニーン家の二人の息子はまったく似ていなかった。実際、ちょっと見ただけでは、この二人が兄弟だと思わないだろう。ジェームズ・デニーン・ジュニアは、がっしりした青年で、意志の強そうなひげのない顔に、鋼鉄の罠のようにしっかりと結んだ口をしていた。瞳は色こそ父親と同じだが、落ち着いた冷たい計算高そうな眼差しで皆を見渡していた——意志が強く押しが強い、二十八歳の青年だった。

兄より十歳も年下で、年齢以上に遊んでいそうなブロムリー・デニーンは、反対に甘やかされた弱い人間の典型だった。彼も父親には似ておらず、むしろ母親の悪いところを受け継いだようだった。その立派な母親は、すぐわかると思うが、よくあるようにとても強かった。ブロムリーはまだ十八歳なのに、甘やかされてダメ人間になってしまい、周りも見守るしか手はないようだ。若者の不健康そうな顔にはすでに邪悪の刻印が押されていた。その口元はだらしなく、小さく丸いきらきら光る瞳には、悪意が満ちていた。

　デニーン夫人は背が高くのびやかな体つきをして、まったく衰えが見えず、夫よりもずっと若く、実際の年齢より半分は若く見えた。いまだに美しく、人生で最も充実した時にあることがすぐにわかる。丸顔で色は浅黒く、下の息子よりずっと大きい瞳は生き生きと輝いており、優雅に動き回って話しかけるその円熟した姿は、イヴリン・ブレーズデールの若さとに十分対抗できていた。

　しかしイヴリンには若さがあった――ブロムリーと同じくらいの年だろう――そして一目見て、わが国の青年たちが、アメリカ人であることを誇りに思うようなタイプの女性だった。私が言いたいことがわかるだろうか――血色がよく軽く日焼けして、澄んだ目をして、元気よく歩き回る様子がちょっと「お馬さん」のような、ボーイッシュな美人なのだ。しとやかではなく、外を駆け回るのが大好きだという印象だ。もちろん、これがアメリカ女性の典型だなんて言わない――だってこのときのアメリカはチャールズ・ダナ・ギブソン氏〔十九世紀末から二十世紀はじめにかけて活躍したアメリカのイラストレーター。優雅な女性を描いた〕が活躍する一、二年前のことだったから。とにかく彼女は、私がどんなにがんばってもなれないタイプだった。彼女の波打つ茶色の髪の毛や青い瞳は人目を引くものだったけれど、彼女を見ていちばん感じたのは、出席者の中では彼女が異質だったということだ。

　イヴリン・ブレーズデールはどこから見ても強い女性だった。筋肉がよく発達していた。昔そんな女性を見たことがある――典型的な「運動娘」で、ゴルフの地元記録を持ち、テニスのトロフィーはいくつ持っているのか数えきれないほど、抜き手を切って見事に泳ぎ、男性用のオールを漕いだり、ミットの使い方まで心得ているような女の子だった。イヴリンだったら義弟のブロムリーなんて、片膝一発で倒せるだろう。その力強さが何よりも彼女の特徴だった――強さと引き換えに、女らしさがなくなったくらいに。そのほかに、私はすぐに二つのことに気がついた。第一に、彼女はデニーン家の人々の中で不安げだった。彼女の母親――病気のようだ――がここにいたら、この結婚は彼女が自分で望んだものではないと、よりはっきりしただろうと感じた。そして第二に、彼女はふとした瞬間に、まるで追いつめられた獲物のような表情を見せた。これは探偵にとっておなじみの表情だ。そしその追っ手はデニーン老人なのだ。これは絶対に見誤りではない――獲物はかなり追いつめられていて、自暴自棄になり、反撃に出るのではないかという予感がした。もしそんな戦いが起こったら、これは見ものだと思った。

　しかしその戦いはまだ先のことだ――まだまだいろいろなことがあった。その日は確か、順調に事は運んで、夕食もつつがなく終わりそうだった。デニーン夫人は将来の義理の娘と一緒で上機嫌なようで、デニーン青年も厳しい表情だったが、彼女に愛情を注いでいるのは明らかだった。食事が終わりそうなその時、この屋敷の主人が立ち上がって短いスピーチをした。

　あと数日で、息子たちは挙式することになるが、これは自分の結婚式の次に幸せな出来事である（ウォルシュ姉妹のクスクス笑い）。そして長男とブレーズデール嬢とのあいだに子供ができれば、さらによろこばしい（デニーン青年は顔を赤くし、ブレーズデール嬢は薄笑いを浮かべた）。息子が独立するかわりに、娘が新たに家族に加わりとても幸福だ。若い者は若い者同士、ジェームズはニューヨークで独立することに決め、家内は愛の証として、かつて都会に住んでいたときの家が家内名義になっているので、それを譲渡する（一同大いに拍手）。

「これで」デニーン氏は続けた。「わしにはたいした財産は残っていない。息子は二十一歳の誕生日に、自身名義の財産を受け取っておる。残りはもちろん、わしが死んだあとになるがな。しかしわしは一つだけ、長男の嫁に譲ることにした」彼は、息子の結婚式を宝石展覧会にする気満々で発表した。「今ここで、わが友人たちに見ていただくとしよう。その後はイヴリン嬢が身につけて万聖教会のバージンロードを歩くまでは、ほかの贈り物と一緒に二階の部屋に飾っておくつもりだ」

こう言うとデニーン氏は胸を張って、大きな黒いベルベット張りの箱を持ち上げ、蓋を開けると、きらきら輝くその中身をテーブルに置いた。まさに光輝く宝石の豪華《ごうか》絢爛《けんらん》な滝とでも言ったところだ。ダイヤモンド！ こんな光景を個人宅で見ることなんて、今まで、そしてこれからもないだろう。大きくて完璧な比類ない宝石が、デニーン氏の前に山を作り、ろうそくの明かりにきらめいている。透明で硬い小さな石から、虹色の光が四方八方に輝いている――皇帝の身代金くらいの価値はあるだろう。

宝石から視線を外すのはなかなか難しかったが、なぜか私は嫌な予感がして、ほれぼれと宝石を見つめている一同の表情を観察した。

デニーン夫人はうれしそうに微笑んでいた。夫の一風変わった自慢を共有しているかのようだった。ウォルシュ姉妹は折れてしまいそうなほど首を突き出して、まさに女の子そのものといった風にうらやましげに興奮していた。ステンジャーは控えめに興味を示していたが、その従兄弟のレミントンは花嫁の付添人と同じように興奮していた。しかしイヴリン・ブレーズデールは――宝石が今、自分のものになったというのに――椅子の背にもたれかかり、いつもの血色のいい顔がなぜか真っ青になっていた。またその婚約者の厳しい瞳は物欲しげで、勝ち誇った光を浮かべていた。

そのとき、私の目はケンプを捉えた。彼はブロムリー・デニーンを注視していた。ブロムリーのいつものしまりのない表情は消えて、怒りで真っ赤になり、何も気づいていない兄とダイヤモンドの山を、不愉快そうににらんでいた。

第四章　ダイヤモンド消失

前にも言ったように、ケンプと私のそれぞれの部屋には、二階の廊下に通じるドアのほかに、結婚のお祝いを陳列してある部屋に通じるドアがあった。普通はこういった贈り物は花嫁の家に陳列する。この部屋は階段を上った真正面にあった。贈り物はいくつものテーブルの上に飾ってあるので、私たちの部屋の真ん中からでも、よく見ることができた。もちろん両方のドアはずっと開けておくことにした。ケンプか私のどちらかがいつもいずれかの部屋にいて、ケンプは後でダイヤモンドのある部屋にこっそり入り込んで、そこで一晩過ごすという監視計画を立てた。

デニーン氏が用意した場所にダイヤモンドを飾りつけた後、私は「最初の監視」を引き受けた。ダンス・パーティの招待客がつぎつぎと到着するなか、自分の部屋に行って、その後階下に行くためにおしゃれをした。急いで食堂を片付けたところに陣取ったオーケストラが、すでに音合わせを始めていた。

私は鏡の前に立ち、この集まりのなかにだって、私よりきれいな女性なんて一人もいないかも、と思った。鏡に映し出された私はまだ若い娘で、二十五歳にもなっていなくて、優美でしなやかな姿は、とてもスタイルがよかった。頭の形もよく、光の具合によってはとび色を帯びてみえる黒髪は豊かでつややか。繊細で整った顔立ち、大きく明るく優しげな黒い瞳、ふっくらした赤い唇。さらに、非の打ち所のない薄い黄色のイヴニング・ドレスがよく似合っていた。黄色いバラのきれいなコサージュは、デニーン老人が庭園からつんできて、親切にもさっきプレゼントしてくれたものだった。

「あーあ」私は独り言を言った。「あーあ、フランシス・ベアードは、顔もかわいいし、頭もいい。花嫁学校も出たし、もちろん一、二年外国にも行ったのに——ちょっと間違ったせいで、探偵をやり続けることになるなんてね！」

まあ、こんなことはこのお話にはまったく関係ないし、今、話すことでもないのは、わかっている。確か、あのときもすぐにそんな思いは頭から消えてしまった。だって不愉快だし、私には仕事があったからだ。

私は自分の小型拳銃を取り出し、デニーン老人にもらったバラの後ろに隠した。そして部屋をさらに詳しく調べた。

屋敷の正面の部屋三つは、長くて広い、暗い廊下に面していた。贈り物が置いてある部屋の出入り口に行く階段は、廊下でいったん途切れて、三階へ続いていく。私の部屋の窓から外を見ると、一方の二つの部屋にも同じように窓があり、窓の下には大きな回廊を覆う平らな屋根が広がっていた。その向こうには私道の並木が明かりに照らし出されていた。

しかし私の部屋のもう一方の側の二つの部屋は、違っていた。そこは屋敷の正面のちょうど真ん中なので、回廊の上に小さなバルコニーがあった。ツタに覆われて、下の大きなポーチを照らしているランタンも、ここを照らすのは忘れてしまっているようだった。あとで知ったのだが、これらの二つの部屋は、来客のコートを預ける場所だった。手前は男性用、遠いほうは女性用だ。そして窓から外を見ながら下のほうで馬車が走る音を聞いていると、ツタの背後から二人の男性の話し声がはっきりと聞こえた。

「そういえば」一方が言った。「ローレンス・フレデリクスがさっき着いたそうだ」

「うん」相手は言った。「階段を上がるとき一緒だった。あいつも火曜日までここにいるはずだ。ここから角を曲がったあたりの部屋だ」

「花婿の付添人なのに、やけに遅くないか」

「ぎりぎりまで来なかったんだろう。ぼくにしてみれば、どうしてあいつがあの子と結婚しなかったのかわからないよ。彼女に夢中だったのに――いや、彼女のことをあきらめたからって、どうして教会の付添人を引き受けたんだろう」

「まあ、あいつの勝手だけどな。用意はできたか?」

そしてすぐに会話は終わった。

私はややタイミング悪く登場したローレンス・フレデリクスに少し興味がわいてきた。ケンプと交代してすぐに階下に降りて行き、たくさんの人のなか、何人もの人と挨拶をし、たくさんの人とダンスをしたけれど、この男性と出会う機会はなかった。

しかしようやく彼のことを耳にした。真夜中をかなり過ぎて――実際、ほとんどの客はもう帰っていた――突然、交代時間をずいぶん過ぎていることを思い出した。きっとケンプは自分の部屋でいらいらして、私が戻るのを待っているだろう。彼も下で行われているパーティの最後くらいは楽しみたかったにちがいない。気に食わないやつだけど、私は今までやるべき仕事があるときに、仕事がらみの娯楽を楽しもうとしたことはない。だから私は急いで二階に行き、彼が「贈り物の部屋」で行ったり来たりしているのを見て、できるだけ一生懸命謝った。

彼はどちらかというと寛大だったと言えるだろう。

「もういいよ、ベアードさん」彼は言った。「ずっとここにいて、お客が贈り物を見てあれこれ言うのを聞いているのは、まあまあ楽しかったよ。でも君の時計は狂っているんじゃないか。もうお客は全員来てそして帰ってしまったよ。君にダンスを申し込めなくて残念だったな」

私が頭を下げると、彼は小さくて黒い口ひげをひねりながら出て行った。私は、結婚式の贈り物の中でも、いちばん目を惹く宝石の山の前に残された。

私はダイヤモンドについて、少しは知識がある――今までつちかってきた職業の一部なのだ。ケンプにはない知識だ――だからいろいろな品物を見てきた。しかし前にも言った通り、こんなに上質のものをたくさん目にしたのは、この晩が初めてだった。私は一つまた一つと手に取ってみた――一時間以上そうしていたかもしれない。すっかり夢中になっていた――それぞれの宝石の素晴らしいところ、数えきれないほどの美しさを鑑賞した。デニーン氏は尋常でないほど大切にしていたが、それも過大評価ではない。鑑賞する価値のあるものだった。

繰り返すが、私はどれくらいのあいだそうしていたかわからない。とにかくそこに立ち、ずっと一つずつ手に取っていた。残っていた客たちが廊下のドアの前を通り、コートを受け取り、階段を降りて帰っていった。一階では、結婚パーティに参加する人々だけが、こんな朝早い時間になっても残っているはずだった。彼らもやがて眠ったり帰宅したりするだろう――それでも私は、これらの現実とは思えないダイヤモンドから目が離せなかった。

長い静寂の後、廊下の足音で、私はようやく我に返った。私のことに気がつかなかったようで（私はそのとき確か、影の中にいた）、足音は開いたドアの前を通り過ぎ、男性の着替え室に入って行った。私はなぜかびっくりして、真っ暗な自分の部屋に逃げ帰った。そして座り心地のいいロッキング・チェアを隅まで引っ張ってきた。そこからだったら、開いたドアからダイヤモンドを監視できるのだ。ケンプが戻ってくるまでのあいだ、監視の体制を整えて、三十フィート足らず先のピアノ・ランプの下できらきら輝いている宝石を、じっと見つめていた。すると屋敷のどこかにある時計が時を告げた。さっと自分の時計を見ると、午前二時半だった。

もう一度言うが、目は宝石から離さなかった。しかし耳はそうではなかった。ちょうどそのときどこか近くから、低い話し声がしたからだ――聞いたことのない、男性の深みのあるいい声だ。もう一人は女性で、イヴリン・ブレーズデールなのは明らかだった。まだ夜早い時間に彼女とフレデリクス氏の噂《うわさ》話が聞こえてきた小さなバルコニーから、声は聞こえてきた。

そういうわけで――私は耳をそばだてた（私はデニーン家の宝石の監視に雇われたんじゃなくて、宝石なんてどうでもいいからデニーン青年の婚約者の素行調査を頼まれたんだっけ？）。男性の声は熱を帯びて激しくなっていたが、慎重な口調は崩していなかった。

「何度も繰り返させるなよ」彼は言っていた。「まだ間に合うんだ！　君が勇気を出せば、今なら僕と逃げられる――明日でもいい。君が僕のことなんてどうでもいいなら――」

「ああ、ラリー、あなたを愛しているのを、知っているくせに！」彼女は遮った。

「じゃあ」彼は引き取った。「それを証明する方法は一つだけだよ」

「ラリー、どうしてわかってくれないの？　私たちは貧乏なのよ——あなたも私も——自分の生活だってままならないって、あなたも言ってたじゃない。お金がなくちゃ暮らしていけないのよ。わかるでしょう」

「ああ、金、金、金！　ああ、そうだよ、それがすべての元凶だ！　要するに、僕に金さえあれば、いつでも結婚してくれるんだろう？」

「それはそうだけど、そんなひどい言い方はないわ」

「どう言おうが勝手だろう。それが真実だし、重要な点なんだ。今夜のうちに一万ドルが手に入れば、一週間もしないうちに大金持ちになれるっていうのに、君とここで別れなきゃいけないなんて。ちくしょう——すぐそこにあるダイヤモンドの十分の一もしない金さえあれば！」

その男性が話したとき私の頭のなかに浮かんだ考えが、そのまま声になった。数千ドルをどうしても手に入れたい向こう見ずな若者の、手を伸ばせば届くところに、自分のものにすれば望みがかなう山ほどの宝石が放り出されているのだ。

この姿の見えぬ話し手の考えを聞いて、私はロッキング・チェアから身を乗り出した。そのとき椅子が揺れたせいで、ゆるんだ床板がきしんだ。しんと静まりかえっていたので、びくびくしていた私の耳には思いがけず大きな音に聞こえて、思わず立ち上がった。

バルコニーから押し殺した叫び声が聞こえた。

「何だ？　今のは？」男性の声がした。

「私が怖がりすぎただけ」彼女が彼をなだめていた。「なんでもないわよ」

「でもイヴリン、あっちから聞こえたぞ」そのささやき声には奇妙な響きがあった「だとしたら、誰かが宝石を狙っているのかもしれない。見てくる」

「だめ、だめよ！　なんでもないったら。急がなくちゃ。一階に行かないと。あなたは自分の部屋に行って、私は下に行くわ。私がいないとみんな困るでしょうから。それに、ステンジャーさんとレミントンさんも待っているわ。二人ともウォルシュ姉妹や私と一緒に帰ることになっているのよ」

「こんなに早く？」

「帰らなくちゃだめなのよ。大丈夫よ、ラリー。私だってとてもつらいけど、でも――でも――じゃあ、明日の同じ時間に、またここで会いましょう」

彼女がドアから出て行き、階段を降りて行く音が聞こえた。男性の足音が名残惜しそうに廊下を反対方向へ行くのも聞いた。そしてその音が聞こえなくなり――まったく聞こえなくなったのに――突然、こっそり、また男性の足音が廊下を近づいてきて、そう、「贈り物の部屋」に入ったのだ。

その男性は、私が音を立ててしまったので、調べに戻ってきたのかもしれない！

私の任務は秘密だったので、監視しているところを目撃されるわけにはいかなかった。私は気がつくと即座に椅子から立ち上がり、隣の「贈り物の部屋」から私の部屋に明かりが差し込んでいるところへ近づいて、数歩下がって闇の中に隠れた。そこはドアの影だった。

私はそのドアを選んだ。

でもそこに長くいたわけではない。足音は「贈り物の部屋」に歩いて入り、ほとんど止まりもせずにまた外に出て行った。そのときはっと気がついた。私は宝石から目を離してしまった。大あわてで音を立てないようにしながら、展示してあるテーブルへと近づいた。

そこを見て、さらに今度は誰もいない真っ暗な廊下へ目をやった。そしてなぜか、三番目に宝石へ視線を戻した。

何かがおかしかった——それが何か、すぐにはわからなかった。

震える手で、急いでネックレスや日輪型ブローチやイヤリングやブレスレットをひとつひとつ確かめた——そしてわかった。一目で私には十分だ。

私が目を離したほんのわずかなすきに、本物のダイヤモンドは盗まれて、精巧な模造ダイヤモンドとすり替えられてしまったのだ。

第五章　重罪

「どうした?」

アンブローズ・ケンプは、私が質問に答える前に、もう部屋の半分まで入ってきていた。私はただあえぐばかりだった。

「ダイヤモンドが!」

彼は向きを変えてまっすぐ中央のテーブルへ向かった。宝石箱を手にし、その中身をよく見た。そして私のほうを向いた。

「ダイヤモンド?」彼は繰り返した。「それがどうしたんだ?」

「盗まれたのよ!」

「でもここに――」

「ああ、そんなもの! 模造品よ! わからないの? 聞いて」私はドアにさっと目をやって、話し声を聞かれるような距離に誰もいないことを確かめると、心を決めて先を続けた。「私は自分の部屋にいたの。ブレーズデールの娘さんと、彼女が『ラリー』と呼ぶ誰かがいて――もちろん、ローレンス・フレデリクスよ――あっちの小さなバルコニーで話をしていたのが聞こえたの。あの二人は愛し合っているらしいけど、彼は貧乏で、彼女はデニーン青年との結婚を無理強いされた――もちろんお金目当てに決まっている。フレデリクスが、一万ドルさえあれば金持ちになれると言っているのが聞こえたの。そして私が座っていたロッキング・チェアがゆるんだ床板で音を立てたら、彼は誰かがダイヤモンドを盗みに来たと言ったんだけど、ブレーズデール嬢は取り合わないで、下に降りて行ったの。フレデリクスは自分の部屋にいったん帰って、こちらに戻ってくるのが聞こえたので、私は姿を見られたくなかったからドアの影に隠れたの。彼は軽い足取りで歩いていて、立ち止まった様子はなかった。彼がいなくなったので私は出てきて、宝石箱を確かめたら、すり替えられていたってわけ」

ケンプの小さな黒い目が細くなった。

「それは確かか？」彼は緊張した様子で質問した。

「すり替えられたってことが？　間違いないわ。私はその前後に宝石を確かめたもの」

「フレデリクスか――彼を見たのか？」

「いいえ。ドアの隙間は別の方向に開いていたから。でも、絶対間違いないわ。さあ、急がないと！」

「いやいや」彼は言った。「君はダイヤモンドの知識があるんだよね、ベアードさん？」

しかしケンプはあわてる必要はないという態度だった。

「そうよ」

「それで君は、こいつはうまくできた偽物だと言うんだな？」

「よくできているわ。誰が作ったにせよ、素晴らしい職人だわ。本物をじっくり研究したにちがいないと思う」

「すると――僕の話について来られるかい？――急ぐ必要はないんだ。模造品をわざわざ作るような泥棒は、あわてて逃げ出さなくてもいいように、そんなことをしたんだ。おそらくすぐに逃走するつもりはないだろう。ともかく、紳士の屋敷に招待された紳士を逮捕するのは、危ない橋を渡ることになる。だから決定的な行動をするときは、しっかり足元を固めておかなくてはいけない」

「でも言ったでしょ」私は叫んだ。「間違いないって！」

ケンプは話をやめ、私をじろじろと見つめた。とても嫌な気分だ。

「間違いないってのはどんなことか、教えてあげようか、ベアードさん」彼はようやく言った。「明日君が所長に、ダイヤモンドを目の前で盗まれましたって報告したら、きっと彼が何か言うのは間違いないよ」

私はにっこり笑った。

「ちょっと、どういう意味かしら？」私はできるだけ平然と質問した。

「要するに、もしワトキンス所長がこれを聞いたら、君はクビだということさ」

まあ、たぶんそれは間違いないだろう。見逃されることはない。おかげで私の笑みも弱々しくなり、顔も青ざめてきた。

「でも」私はぐずぐずと言った。「どうせ所長はいずれ知ることになるわよね？」

ケンプは私の瞳をじっと見つめた。そして視線を落とし、漫然と脇のテーブルの上にあるガラスの模造品をいじり始めた。彼はゆっくりとした口調で言った。

「そこが重要だ。所長に連絡する必要が本当にあるかな？」相棒は一歩こちらに歩み寄り、私の手を取ろうとした。「ねえ、僕が君のことを好きなのを、わかってるだろう、ベアードさん。もし僕と結婚してくれたら、このことは誰にも言わないよ。君はダイヤモンドの知識があり、この模造品は完璧だという。じゃあ、模造品だとばれるのは、ずっと後になるだろう——時間がたてば僕たちはまったくこの件と関係なくなる。さあ、どうする？」

言いたいことがたくさんあった。そのなかでも「はい」と言いたかった。そして彼をその気にさせておいて、この危機を脱出したら、約束を破ってしまえばいいのだ——そうしたって、彼は暴露できないのはわかっているし、彼が苦境に立つのを見てみたかった。でもそんなやり方は問題外だ。まず、デニーン氏は偏屈な男性だが、宝石の所有者として、ダイヤモンドが模造品だとわかったらすぐにでも知る権利がある。そして、この世界で、義務は重要なものではないかもしれないけれど、しかしこれは仕事なのだ。貴重な品物が失われたのだからきちんと報告しないわけにはいかない。だから私はケンプに言いたいだけ言わせておき、彼がすべてを言い終わってから、口を開いた。

「どうするって？　えーと、こう言うわ。私たち探偵はデニーン氏のダイヤモンドの監視に雇われました、そしてデニーン氏のダイヤモンドは盗まれました——」

しかし私はそれ以上言えなかった——何かが近づくのに気づいたケンプの目が泳いでいるのを、見てとったからだ。

私たちは興奮していて、ドアが開いているのを忘れていた。そしてそちらから低い声がしたので、私たちは兵隊が「気をつけ」と号令をかけられたように、旋回した。

「ダイヤモンドが盗まれた？」

ジェームズ・デニーン青年が扉口に立っていた。

第六章　死んでしまえ

あんな場合でも沈着冷静に振る舞っていたアンブローズ・ケンプを、この私も賞賛しないわけにはいかなかった。

「ええ、そうです」彼は言った。「盗まれました。お聞きかもしれませんが――」

デニーン青年の顔はひきつり、硬い表情にはとても激しく冷たい怒りの色がさしていた。

「盗まれたということしか聞いていない」

「ご説明しましょう」ケンプは続けた。「お父上からお聞きになると思いますが、ベアードと僕は、〈ワトキンス探偵事務所〉から派遣された探偵なのです。僕たちは宝石の監視をしに来ました。数分前、僕が一階にいて、ベアードが見張りについていたときに」ここで相棒は私をちらりと見た。「誰かがこの部屋に入ってきました。ベアードは身を隠したので、誰か見ることができなかったのですが、その人物が部屋から出ると彼女は隠れ場所から出て、本物のダイヤモンドが模造品にすり替えられているのを発見したのです」

彼は芝居がかった身振りで、人差し指に模造品のネックレスをひっかけて、ランプの明かりの下へ腕を伸ばした。

デニーン青年は一歩進み出て、こうして突きつけられた品物を慎重に観察した。

「しかし、本当なんだろうな」彼は尋ねた。「今、言ったことは」

「もちろんです。ベアードはドアの影にいたのですから」

「いや、私が言っているのは、すり替えられたということだ。この宝石は私には本物に見える。もちろん宝石のことはまったくわからないが」

「はい、僕たちにはすべてわかっています。模造品だという言葉を信じてください」

「ふむ！　では、ベアードさん」彼は、ケンプが何か隠していると考えているように、私のほうを向いた。「君は誰が盗んだのか見当もつかないのか――少なくとも誰が部屋に入ってきたのかも？」

「申しわけありません」私はわざと赤くなりながら答えた。「わかりません」

彼はしばらく黙って考え込んでいた。そしてさらに表情がこわばり、口元をもっときつく結んだ。そして彼の瞳に、何かを思いついた、奇妙な眼差しが浮かんだのが見えた。

「よくわかった」しかし彼は冷静にこう言った。「まずは、父に報告するように。言うまでもなく、今すぐにだ。私は重要な用事があるのでしばらく部屋にいる。何かあればそこにいるから来なさい。この廊下の反対側の端だ。廊下沿いに行くと角に出るから、つきあたりまで行けばいい」

そして彼はそれ以上何も言わず――私は心の中で彼に感謝していた――私とケンプを残し階段を降りて行った。私もその後を追って行くと、ちょうどそのとき廊下に置いてある大きな時計が午前三時を打った。

デニーン老人は喫煙室に一人でいて、長い葉巻とアイリッシュ・ウイスキーのハイボールを楽しんでいた。

「ほかの方々はどこに？」ケンプはできるだけ平静に尋ねた。

「みんな帰ったよ」引退した起業家は答えた。「家内と息子たちはもう寝た。ステンジャーとレミントンは、ブレーズデール家までイヴリンやウォルシュ姉妹を送っていった――花婿がそんなことをしたら不運になるのは知っておるだろう――そしてわしはちょいと寝酒というわけだ。あんたもどうだね？」

気の毒に。こうして楽しむのもこれが最後になってしまう！　私は少しためらって、前に進み出た。

「あの、フレデリクスさんは」私は尋ねた。「どこにいらっしゃいますか？」

「おや！　これは失礼。おまえさんに気づかなかったよ、ベアードさん。ああ、多分ラリーもベッドの中だろう。三十分前に、寝ると言っていた。おい、あんたたちのうち一人は、上にいなくちゃいけないんじゃないか？」

ケンプは、部屋の長さほどある革張りのソファに座っている老人の隣に腰掛けた。彼は浅黒い手を膝の上に置いた。

「お気を確かに聞いてください、デニーンさん」彼は言った。「まだ何も明らかになっていないのは確かです。しかし現在、僕たちが『贈り物の部屋』にいる必要はないのです」

デニーン氏は驚いた。彼は目を見開き、グラスを持った手が震えたので、中身の酒が足下の大きなトルコ絨毯《じゅうたん》にこぼれた。

「な、なぜだ？」彼は問い質した。

「実は」ケンプは言った。「僕が一階の舞踏室にいて、ベアードさんが二階で監視をしていたとき――さあ、しっかりしてください！――誰かがあなたのダイヤモンドを盗んだのです」

デニーン老人のグラスが床に落ちて砕け、彼は立ち上がった。普段から青白い顔が、紫色になった。

「なんだと?」彼は怒りの声を上げた。「わしのダイヤモンドが盗まれた?」

もちろんこれは叫び声ではなかったけれど――あえぎながら言うよりも少し大きいだけだった――私たちにはまるで、その音が、何度も何度も誰もいない屋敷の廊下を響き渡っているように思えた。

「シーッ！」ケンプは命令して、会話の主導権を握った。「この場所でダイヤモンドを盗んだのは誰にせよ、招待客の一人です。二階に来てください」

私たちはそのまま「贈り物の部屋」に戻った。デニーン氏の背の高い体はずっと震えていた。それが恐怖のせいかそれとも怒りのせいなのかは、わからなかった。

「ご覧ください」ケンプはまるで自分がすべてを発見したように言った。「箱の中の宝石は、今やすべて模造品なのです」

私はデニーン氏のところに行こうと部屋から出たときに、箱の蓋を閉めておいたので、ケンプは進み出てさっと蓋を開けた。

私たちが席を外したほんの五分のうちに、模造ダイヤモンドまでなくなっている！

宝石箱はからだった。

私たちはしばらく絶望的な沈黙のなか、お互い見つめ合っていたが、奇妙なことにデニーン老人本人が、最初に我に返った。

「あんたは」彼は尋ねた。「二階から降りる前は、本物のかわりに偽物があったと言うわけか？」

「その通りです。僕はこの目で見ました」

「そしてもちろん、偽物がどこに行ったかわからないのだな？」

「わかりません」

「では、この事件について知っていることを、教えてもらえんか？」

私たちはできるだけ簡潔に説明をした――バルコニーでの前奏曲は割愛したけれど――そして聞き手がきちんと理解できるようにこの事件を正しい順番で語った。

彼はドアのそばの隅にある呼び出しボタンを押すと、近くの肘掛け椅子に座った。

「すぐに召使いを全員、この部屋に呼び集める」彼は言った。「ケンプ君、息子のジェームズの部屋はわかるか？」

私たちはうなずいた。

「行って呼んできてくれ。フレデリクス君とブロムリーもだ。やつらの部屋はジェームズの部屋の両側だ。ベアードさん、家内を呼んできてもらえるかな？　家内の部屋はこの廊下の反対端、屋敷の奥のほうだ。この屋敷内にいる全員を、すぐに調べなくてはいかん」

もっと早く説明しておくべきだったけれど――いきなり建物の細部について説明ばかりしたくなかったのだ――「メイプル荘」の少なくともその母屋部分は、中央階段を囲んだ四角い建物だった。デニーン氏は奥の角部屋の一つを自身の寝室として使用し、その隣の二部屋を妻の寝室と化粧部屋にしていた。それらの続き部屋の隣が、次男のブロムリーの部屋で、向こう側の端の部屋になっていた。

さて、私はデニーン夫人の部屋のドアの前に到着した。その下からは明かりがもれている。彼女はおそらくまだ起きているのだろう。ケンプは廊下を曲がり、ジェームズ・デニーン青年の部屋のドアをノックし始めた。

私の呼びかけにすぐに応じたデニーン夫人は、スリッパをはいた足に届くほどの裾の長い、美しい薄い灰色のキモノを身にまとっていた。

「どうしたの?」彼女は尋ねた。「廊下から声が聞こえたような気がしたので、何かあったのか見に行こうとしていたところなのよ」

「旦那様がすぐ来るよう、お呼びです」私は答えた。「『贈り物の部屋』です」

彼女はただちに私が指示したほうへ向かい、その後に続こうとしたときに、右のほうからささやき声が聞こえ、振り返ると、ケンプの影が隣の角部屋から手招きしているのが見えた。

「こっちへ来て」彼は言った。「まずいことになった」

私は急いで駆けつけた。彼はジェームズ・デニーン青年の部屋のドアの前に立っていた。そのドアにある仕切り窓から明るい光がもれていた。

「どうしたの?」私はむしろ不愛想に尋ねた。いろんなことが一気に起きていて、私はケンプにいい感情を抱いていなかったからだ。

「中に入れない。でも仕切り窓からのぞいてみたら――誰かが中にいる」

「ドアを破りましょう」私は提案した。「お行儀よくしているひまはないわ」

彼は最初、同意しなかったが、二度大声を出し――答えがなかったので、何も言わずにドアノブを両手でしっかりと握り、背中を丸めて右ひざを上げ、錠のすぐ下に、その力強い小さな体で全力を叩きつけた。

これはすべての探偵や大抵の強盗は知っているテクニックだ。錠はほとんど音を立てることなく、ドアが開いた。私たち二人は中に転げ込んだ。

室内は実に質素だった。二つの窓のあいだには、身づくろいに必要な道具を備えた簡素な鏡台と、対になった明かりのついていない大型の読書用ランプがあった。北側の壁にシングルの折り畳み式ベッドがあり、その足下に小さなひげそり台があった。部屋の反対側、窓の一つの近くでは、書き物机の蓋が開けっ放しになっており、書きかけの手紙と大きな置き時計がその上に置いてあった。そして脇にはもう一つのランプが明るく燃えていた。

これが私が最初に見たものだ。そしてケンプは私の腕をぎゅっとつかんで、振り向かせた。

大きな昔ながらの、スプリングがついたロッキング・チェアが私の肘に触れそうなところにあった。そしてその椅子には半分座り半分横たわっているような状態で、花婿のジェームズ・デニーン青年が、耳から耳まで喉が切り裂かれ、死体となって乗っていた。

第七章　謎の逃亡

「ドアを閉めて」ケンプが言った。

　それに従い、全身震えながら戻るところでよろめいて、ベッドに倒れ込みそうになった。

「やめろ！」相棒はささやいた。「いいか、メイドがベッドカバーを外してから、今夜は誰も触っていないんだ。だから僕たちも触っちゃいけない。僕の携帯酒びんがあるから、必要なら一口飲め。そして書き物机のそばの椅子に座るんだ」

　再び私は彼の指示に従った。酒がゆっくり効いてきて、あらためて周りを見回した。

　こんな状況はめったにあることではないし、それに自分が巻き込まれるなんて、夢にも思わなかった。明るい赤いランプの光がすべてを照らし出していた――質素な狭い寝室を、夜会服を着たケンプのしなやかな身体を、そしてドレスを着た私を。そしてきちんとした衣装を身にまとって椅子に座っている死体も。

　青年の喉にぱっくり口を開けた、真っ赤な傷口から流れ出た血液は、洋服を腰まで赤く染め、床に大きな黒褐色の血だまりを作っていた。ぐらつく頭は異様に片側に傾き、半開きの目は生気なく虚空を見つめていた。そして肘掛けに乗っている片手は、大型の折りたたみナイフを軽く握っていた。

ケンプは彼をざっと観察した。

「争った形跡はない」彼は手短かに言い、遺体を手早く慎重に調べはじめた。

「頭は切り落とされそうだ」彼は述べた。「切るべきところはみんな切っているってところかな。完璧だね。窓はどう?」

私は近づいて確かめた。

「暖かい夜なのに両方ともしっかり閉めて鍵がかけてある」私は言った。

「それから机の上の手紙は――なんて書いてある?」

しかし私は言い返した。

「私たちにそんなことをする権利があるの? 私たちの事件じゃないでしょ、ケンプさん」

「僕たちのじゃないって? じゃあ所長がなんて言うか楽しみにしているんだな。そのとき後悔したって遅いぞ! 僕たちで突き止められなかったら、それで終わりなんだから」

言われてみればその通りだ。実際、二人の探偵の目と鼻の先で、たった十五分間のうちに、盗難二件と殺人事件が起きたなんて、なんて言われるだろう?

言い返さずに、私は手紙を手に取った。きちんとした筆跡でこう書いてあった。

ローレンスへ　こんなことをしなければならないのは非常に残念だが――

ここで突然終わっていた。書き手が驚いて手を止めたというよりも、むしろ二度と書かれることはなかった次の文章を、どうするか考えて止まったように思えた。

「ふーん」ケンプは言った。「これでわかった。しかしこのかわいそうな男は思い切ってやったもんだね」

「かわいそうな男？」わけがわからない私は繰り返した。

「そうだ、もちろん自殺だよ。ほかに何がある？　でもそれは後回しだ。今はやるべきことがある。今、何時だ。三時二十五分か。覚えておいて、ベアードさん。僕たちがここに来たのは、確か十分ほど前だった。さあ行こう」

すぐに彼は私をせかしながら、嬉々としてまた廊下へと出た。そしてすぐに屋敷の正面方向の隣の部屋のドアをノックした。

「今度は泥棒を探そう」ケンプはささやいた。

しかしいくら呼んでも答えはなかった。

「フレデリクスさん！」彼は声をかけた。

それでも返事がない。

この状況になんだか嫌な予感がしたので、私たちは即座に行動した。ケンプはドアノブに手をかけた。

「こっちも鍵がかかっている」彼はささやいた。そしてそれ以上何も言わずに、先ほどと同じようにしてドアを破った。

この部屋は暗く、私たちはすぐに明かりをつけた。恐怖に襲われ目をこらし、もう一つの悲劇を予期していた。

しかし杞憂《きゆう》に終わった。ベッドは——カバーは外されていた——乱れがなく、蓋が開いたスーツケースが二つあること以外、先ほどまで誰かがいたと思わせるものはなかった。

一方、窓は開いていた。ケンプは駆け寄って外の回廊の屋根の上を見た。

「しまった！」彼は叫んだ。「あいつが逃げた！　ここがやつの部屋だ——それは間違いない——そして回廊の屋根の上まで太いツタが生えていて、柱を降りることができる。はしごのかわりになる」

彼は回廊の屋根の上に飛び降りて、見下ろした。

「やっぱり」彼は言いながら戻ってきた。「少し前にはしごがわりに使われたみたいだ」

私は彼に続いて外に出て、彼が正しいと確かめた。ツタは格子にからまっていて、何ヶ所か白く裂けているのが見えた。つまりついさっき急いで逃げ出すのに使われたということだ。

私たちは誰もいない部屋にのろのろと戻った。

「そうね」私はドアを見ながら言った。「あそこを彼は降りて行ったんでしょう。鍵はここ、部屋の中にあるんだから」

「鍵？」

「ええ、そうよ。どうしてそんなことを聞くの」

「ああ、しまった、あっちの部屋で鍵を探すのを忘れていた！」

彼は駆け出し、私もその後を追った。しかしあの恐ろしい部屋の入り口で、私は不意に立ち止まった。廊下の絨毯の上に落ちていた何かを踏みつけたのだ。やった、と思い、さっとかがんで素早くその何かを手にした。

それは鍵だった。デニーン青年の部屋の鍵に間違いない。私たちが力ずくで破ったドアのすぐ外に落ちていたのだ。

どうしてあんなまねをしたのか、冷静になった今でもよくわからない。心理学者に突き止めてもらうしかない。もしかしたら単にケンプのことが嫌いだったから、自信満々の彼の自殺説にけちをつけたかっただけなのかもしれない。それとももしかしたら単なる仕事上の利益を考えて、この事件を自分一人で解決したかったのかもしれない。ううん、もしかしたら近い将来に起きることを予知していたのかも。まあそれはともかく、私が視線を上げると、ケンプの警戒した背中はまだこちらを向いていたので、急いで部屋の中に入り、かがみ込んで鍵を部屋の中で見つけたふりをした。

「ほら、あった」私は言いながらちょっと頬を赤らめた。当時の私の探偵としての欠点の一つが、自分の利益が直結していると、上手に嘘《うそ》がつけないことだったのだ。「私たちが押し入ったときに、内側に落ちたに違いないわ」

「そうだな」ケンプは投げやりに答え、鍵を錠に差し込みもせず、明らかにほっとしていた。「よかったよ、だってここのドアをノックしていたとき、押し入る前に鍵穴を確かめるなんて考えもしなくて、かなりうるさくしてしまったからね。仕切り窓しか気がつかなかった。さて次はブロムリーの部屋に行こう。その後、僕が一家にこのことを知らせるあいだ、君はここにいてくれ。ブロムリーはぐっすり寝ているようだ」

しかしデニーン老人の次男がどうして静かなのか、その理由は単純だった。彼の部屋のドアは触れると開いた。一目見ただけで、その部屋の主ブロムリーが、つい先ほどまではいたが、今は出かけているのはすぐにわかった。薄暗い光の中、上着がベッドの上に脱ぎ捨てられているのが見えた。その持ち主はおそらくダンスの後にタキシードから着替えたのだろう。しかしそれ以上は、あのませた若者の行方を示すものはなかった。

「どういうことだと思う?」私はいぶかしんだ。

「単にあの若造は、寝る前に散歩しながら煙草を吸いに出かけたんじゃないか」死体のある部屋へ戻りながら、ケンプは鼻を鳴らして言った。「ほかに何がある? ああ、ベアードさん、この事件に謎を見いだそうとしても無駄だ。わかりきったことだよ。ジェームズ・デニーン青年は、親友にして結婚式の付添人だった男が、花嫁と恋仲になっていたと知った。それに加えて、おそらく彼はそいつがダイヤモンドを盗んだと疑ったんだ――なくなったと彼に報告したときの、彼の奇妙な態度を覚えているだろう。おそらく、彼はフレデリクスの部屋に行って、彼を責めた。フレデリクスは窃盗を否定したが、口論の最中に、おそらくデニーン青年を馬鹿にしたんじゃないだろうか。だってイヴリンが本当に愛しているのは彼で、――フレデリクスのことだけど――しかも花嫁は最後の最後に、彼と逃げるつもりだとでも言ったんだろう――本当に花嫁が彼の希望通りに行動するかどうかはわからないけど――そうしてデニーン青年を侮辱したってわけだ。そしてデニーン青年は、恋人に振られたと知り、自分の部屋に戻って喉を切り裂いた。一方そんなことは知らないフレデリクスは、ダイヤモンドを持って逃げ出した。どこかに隠して、朝までに出て行ったときと同じ方法で戻るつもりなんだろう」

非常によくできた仮説だ。しかし死者の部屋の鍵を、部屋の外で見つけたというたった一つの真実を知っている身としては、間違っていると賭けたっていい。しかし私は何も言わなかった。

「それから」ケンプは今回事件の謎のすべてを解き明かしたような顔をして続けた。「依頼主と奥方には僕から事情を話し、警察にも電話をしないといけないだろう。彼らが来るまで、君はここにいたってかまわないだろう？」

もちろん私はかまうけれど、そんな質問にはどう答えたらいいのだろう？

「わかったわ」私は答えた。「どっちもきつい仕事だけど、僕のやることのほうがずっときついからね。できるだけ早く替わってあげるから」

「悪いね」彼は謝った。「まったくかまわない」

彼の姿が廊下の向こうに消えるのを見送ってから、私は物音一つしない部屋の壁に寄りかかった。明かりは椅子の上の硬直した死体を、あかあかと照らし出していた。なるべくそちらへ顔を向けないようにしていた。私だって二年も探偵をやってきたのだから、今まで何度か死体は見たことがあるけれど、殺したての死体と二人っきりというのは初めてだった――しかもついさっき、まだ生きているときに会話した相手なのだ。ケンプと知り合って以来、彼と別れたくないと思ったのは、このとき一回だけだった。

私は自分を試したくなった。どれくらいの時間我慢できるのか、知りたかった。時計を取り出して計ってみた――そしてそこに立っていられたのは、ちょうど七分間だった。

そのあいだ、私は身動きせずに立ったまま、耳を澄ましていたけれど、何も聞こえなかった。そして耐え難い試練のなか、血まみれの死体が自分のすぐ後ろに転がっているのだと思うと、私はこの静けさを破って叫び声を上げたくなった。誰だってこんなこと、我慢できないだろう——たとえ男性だって——だから結局私はそこからこっそり出て、ブロムリー・デニーンの部屋に入ると、いちばん遠い壁際でうずくまって丸くなった。

ちょうどそのとき、私は奇妙な匂いに気がついた。かすかだけれど間違いない。調べてみると、私は通風口のそばにしゃがんでいたのがわかった。

この屋敷は、前にも言った通り、決して新しい建物ではない。だからスチーム暖房や電灯といった文明の利器はないのだ。そのかわり地下室にある昔ながらの暖房炉で暖めているのである。ところが今は六月だ。もう何週間もとても過ごしやすい気候が続いていた。だから階下の暖房炉に火が入っているなんて考えられない。少なくとも暖房の目的ではないはずだ。

それでも私の鼻孔をくすぐるこの匂いは、何かが燃えている証拠だ。そしてその匂いは私の鼻の下に開いている通風口からやってくる。

ゆっくりそしてこっそりと身をかがめ、できるだけそっと蓋をあけてみた。

間違いない。誰かが、布切れか洋服を階下の暖房炉で燃やしている。

第八章　地下室の冒険

名探偵になるには、いろいろな才能がいる。いくつかの才能はほかよりもずっと重要だし、何か一つ秀でた才能があれば、あまり重要でない才能に恵まれなくても補うことができる。しかしこの三つだけは絶対に必要だ。つまり、勇敢であること、素早く考え行動できること、そして最初に出された命令よりも現在の緊急事態を優先できること、だ。

さて、私は誰もいないブロムリー・デニーンの部屋にいた。硬直した血まみれの彼の兄の死体がほんの数フィート離れたところにあり、布を焼く怪しい匂いが通風口から立ち上ってきた。もし私が勇敢でなかったら、すぐケンプのところに逃げるか、その瞬間失神していただろう。もし私が素早く考え行動できなかったら、目の前の好機が去っていってもぐずぐずしていただろう。そしてもし私が最初に出された命令のほうを、現在の緊急事態よりも優先していたら、「いいえ、死体のそばにいろって言われていたんだもの。ここにいるわ」と言っていただろう。しかし私はジェームズ・デニーン青年の殺害犯はその瞬間地下室にいたか、それとも逃げたばかりなのは間違いないと思ったし、命令された内容も気に入らなかったから、時間を無駄にせず自分自身で調べる決心をした。

私は開けたときと同じく、できるだけ慎重に通気口を閉め、立ち上がると、暗い廊下に忍び出た。急いでこっそりスエードのダンス靴を脱ぐと、さらにスカートを脱いだ。長い裾は、格闘したり逃げたりするときにじゃまになるからだ。そして脱いだ衣装を手近な隅に置き、右手に拳銃を持って、廊下を階段の降り口まで忍び足で進んで行った。

「贈り物の部屋」のドアは閉まっていた。その向こうからくぐもった会話が聞こえてきた――それからたぶんすすり泣く声も。私は立ち止まって、誰にも気づかれていないのを確かめると、下へ降りて行った。

階段と階下の部屋は、まだ昼間のように明るかった――デニーン氏がそうしていたのだ。後になって知ったが、彼はいつも夜の戸締まりは自分でやると言い張っていた――その明るさが、静けさと寂しさを際立たせていて、恐ろしさが増しているような気がした。しかし私は無事階段を降り、誰もいない舞踏室を通り抜け、食料貯蔵室の裏へ行くと、台所に地下室への扉があるのを発見した。思っていた通りだ。

ここまで私は何の波乱もなくやってきたが、台所は真っ暗だったので、ほかの明るい部屋から入って来た私は目が慣れるのにしばらく時間がかかった。目が見えないも同然だったので、地下室の扉の掛け金も見えなかった。当然だが、静かにしなくてはいけないので、力任せに開けようとせず、まず調べた。光を当てたりしたら、ここにいるのがばれて、死を招くかもしれない。どうすればいいのだろう？　私は扉の表面を指でなで回してみた。かんぬきはかかっていない様子だが、しっかりしまっていた。ほかの部屋に行ってマッチを探し、見えない敵にやられないよう、できるだけドアから離れたところで一本火をつけてみるしかないようだ。

足音を真下にいるであろう人物に聞かれないように注意しながら、できるだけ急ぎ、私はどきどきしながらのろのろと進んだが、期待は裏切られた。

食堂はダンスのために片付けられていて、マッチは見当たらず、その向こうの客間も同じだった。だから玄関ホールを横切って喫煙室に行き、たくさんマッチを確保し、できるだけ音を立てないように一本擦って台所へ戻るまでに、すでに数分が経過していた。

それでもまだ面倒ごとは続いた。拳銃と火のついていないマッチ箱を片手に持ち、もう片手に火のついたマッチを持っていたが、その小さなたいまつを、気まぐれなすきま風から守るのが本当に大変だったのだ。消えかかる前に二本目、三本目に火をつけようとしたけれど、一度も失敗して火が消えてしまった。

しかしようやくうまくいった。私は明るい火を手にして台所に入り、そしてできるだけその火を守りながら、地下室の入り口へと向かった。

ドアが開いている！

二インチほど開き黒い隙間を見せている、普通のどこにでもあるドアに、身震いや恐怖を感じていた。ジェームズ・デニーンの無惨な死体を見たせいだ。確かに数分前にはしっかり閉めておいたはずなのに、今それが開いているのだ。

それでも、私はしっかりしていた。テニスのネットトリターンのように素早くドアを閉め、かんぬきをかけた。マッチは闇の中、床に落ちてしまった。私が台所にいないあいだ、誰かが入ってきたとしても、私がいたとは気づかないはずだ。そして私は壁を背にして立ち、拳銃の撃鉄を起こして、待った。

沈黙と暗闇は破られることはなかった。

まあ、こんなことは永久に続かない。私はできるだけ待ってみてから、さっと腕を伸ばして頭上の壁を手探りした。やっぱり私の上にはガス灯があった！　そのコックを力一杯左手で開き、拳銃を右手に持ちかえると、できるだけ手早くマッチを擦ってバーナーにかざした。

念願の明かりがすぐについた。

室内には誰もいなかった。

私は徹底的に探した。テーブルの下や戸棚の中も見た――しかし誰もここにはいなかった。

おそらくドアはひとりでに開いたのだろうと、私は独り言を言った。だとしたら、地下室にいる問題の人物は――きっとそいつはまだそこにいる――私が立てた物音で、私がここにいることに気づいてしまっている。でも、万難を排して地下室に降りて行くのが私の仕事なのだ。だから私は降りていった。

階段が一段ごとにきしみ音を立てるので、びくびくしながら降りて行ったが、ぐずぐずしているよりも一気に行ってしまったほうがずっと危険は少ないと気がついて、私は残りの階段を駆け降り、コンクリートの床に飛び降りた。

そこでまた私は立ち止まった。その場所は真っ暗だった。すぐに明かりを探さなくてはならなかったが、再び幸運は私に味方した。階段を降りたところにある基礎の壁に、すぐにガス灯を見つけたので、火をつけた。

明るくなって見てみると、地下室は案外狭かったし、古い屋敷にあるように、建物の一部しか占めていなかった。しかしあやしい物陰がたくさんあったので、私の最初の仕事は、悪者が隠れていないか確かめることだった。

嫌な任務だった。明かりを照らしながら歩き回る私は、撃ち殺そうと思っている人にとっては、絶好の的だった。それでも、やるべきことだったので、どうにか私はやりとげた。そしてついに、少なくとも今は、ここには私しかいないと確信したのだった。

その後、私は大きな暖房炉に近づいた。現代の鉄板でできたものとは違い、大きく頑丈な代物で、煉瓦で囲まれて、地下室の真ん中にまるでお墓のように立っていた。扉はすべて閉まっていたけれど、周囲のほこりが乱れているものが一つだけあった。最近開けられた証拠だ。そして私は鍵を外し——何度も背後をびくびく振り返りながら——火のついたマッチで内部を照らした。あの匂いについての私の疑惑が正しかったと確信できる証拠があった。

暖房炉は使い終わるとすぐに清掃されて、夏のあいだは空っぽのはずだ。しかしむき出しの鉄棒の上には、細かな白い灰が積み重なっていた。何らかの衣服が完全に燃やされた形跡だ。

明らかにこれは警察に任せるべきものだ。でも私も少し分け前をいただくことにした。そこで慎重に片手一杯の灰——まだ温かかった——をとってハンカチで包んだ。次に、硬くて小さい燃え残ったものは、炉の鉄格子のあいだから下に落ちるとわかっていたので、下の扉を開けて、何本もマッチを擦って、徹底的に捜索した。

するとと私の努力はここでも報われた。真下に同じように積もった灰の中に、小さな金属製のボタンがあったのだ——おしゃれな人間が好む普段着や夜会服のベストについていそうなボタンだった。

私はそれをポケットにしまい、明かりを消すと今度は冷静に一階まで階段を上がった。最初私が階段を降りたとき、あの地下室に誰かがいたとしても、私が喫煙室でマッチを探しているあいだにすでに逃げ去っていたようだ。しかし私は無駄なことをしたとは思わなかった。

真っ暗な台所を後にして、一階の部屋を無事通り抜け、大階段に最初の一歩をかけたときだった。鍵が正面玄関のばね付き錠に差し込まれ、回されて、ドアがふわりと開いた。

私は拳銃を構え、小さな包みを後ろに隠すのが精一杯だった。するとブロムリー・デニーンが入り口に現れた。少し酔っていたようだが、平然として煙草を吸っていた。

彼も私を見てびっくりし、彼の前になぜ私が現れたのか不思議そうにしていたのも、当然のことだろう。

「やあ、ベアードさん！」彼は大声を出した。「どうしたの？」

どうにかごまかそうと、私は言った。「あちこち探していたんですよ。お父様がすぐに二階の『贈り物の部屋』に来るようおっしゃっています。実は恐ろしい事件が起きたんです」

第九章　フレデリクス氏の帰宅

さてこれでみなさんは、ようやくベアード嬢はほかの皆がいる「贈り物の部屋」に戻ったと思うだろう。

しかし私はそんなことはしなかった。だって私にはこの事件に対して独自の仮説があったからだ。

第一に、私はジェームズ・J・デニーン青年が殺されたということをほかの誰よりよく知っている――彼を殺した犯人ほどではないが。

第二に、私は本物の宝石を盗んだ強盗が彼を殺したのは間違いない、と確信している。

さらに第三に、私はローレンス・フレデリクスを犯人だと考えている。

複雑な仮説を組み立てる時期ではないのだが、誰でも、多少は職業柄の無意識に引きずられてしまう。

だから私はこんな風に推理した。

フレデリクスはイヴリン・ブレーズデールと愛し合っていた。彼女は火曜日にデニーン青年と結婚することになっていた。しかし彼女はフレデリクスに、自分を養ってくれるのなら、彼のために土壇場でも婚約を破棄すると言った。彼のほうは、もし一万ドルさえあれば――彼がまともなやり方で手に入れられないと言ったも同然だ——財産を作ることができる状況だった。そして彼自身の口から、すぐそこにあるあのダイヤモンドの一部を現金にするだけで、すぐに自分は金持ちになり、切望していた結婚もできると言ったのだ。この推理はほぼ間違いないだろう。フレデリクスは自分でも認めていたし、昔ながらの二つの犯罪の動機も満たしている——つまり、女と金だ。

今までのところ、ケンプのこの事件に対する仮説は確かに正しい——私が彼に教えた事実を元にすれば、そう考えるのも仕方がない。でも私が彼に伝えていない小さな事実がある。あの鍵のことだ。人間は自分の喉を切り裂いてから、部屋の鍵を、仕切り窓から投げられない——そして自殺するつもりなら、一般的には、実行する前に鍵を外に投げたりしないものだ。ともかく私は、少なくとも同時に発生した二つの事件は密接な関連があり、殺人が行われたと確信していた。

その方法と動機は？　そう、最初の盗難は明らかに計画的犯行だろう。フレデリクスは一家と親しかった。何度も宝石を見たことがあるだろうし、長男の友人だったから、模造品を作る機会もあっただろう——その事情は後になってわかることになる。宝石の持ち主が何度も変わり、盗難が明らかになったとき、それがいつどこで起こったのかわからなくなるまで、自分が盗んだことを隠すのが、彼の目的だったのだ。彼が実に巧みな計画を立てたのだとしても、もし模造品に、彼がイヴリンに告げた必要な額よりもお金がかかっていたとしたら、それは単に彼がイヴリンに嘘をついていたか、それともさらに疑えば、彼には共犯者がいたということになる。

模造ダイヤモンドを手に入れ、すり替えようと思ったまさにその時、フレデリクスは「贈り物の部屋」のほうから突然物音がするのを聞いた。もちろん彼は驚く。それにもちろん、まず強盗が考えつくのは、泥棒が入ったのではないかということだ。誰かに先を越された。ほかの泥棒が彼の計画を台なしにしてしまうかもしれない。そんな言葉が彼の口から飛び出し——そしてそれを私が聞いてしまったのだ。

そしておそらく、イヴリンが階下に行くとすぐ、フレデリクスは急いで模造ダイヤモンドを、自室かそれとももっと便利な隠し場所から持ってきた。そしてすぐに「贈り物の部屋」に行き、私がドアの後ろに隠れているあいだに、本物のダイヤモンドを盗み、そのかわりに模造品を置いて行った。

私たちが盗難を告げたとき、デニーン青年は事情を知っていて、何か決意しているように見えた。おそらく彼の頭の中で即座に、友人のフレデリクスの裏の顔についての情報の断片がつながったのだろう——フレデリクスが最近彼から金を借りようとしていたのは間違いない——そして一瞬にして彼が犯人だと結論づけた。彼はケンプと私があわてているのを尻目に、醜聞が明るみに出るのを防ごうとした。そう決意した彼は、フレデリクスの部屋のドアへ向かった——犯人はすぐに自分の部屋に逃げ帰っていたからだ。デニーン青年はノックをし、フレデリクスに隣の部屋に来るよう言った。二人は密かに話をした。追及されたフレデリクスは、自分の地位を守るために、いきなり大胆な行動に出た。おそらく彼は後悔しているふりをしてかつての友に近づくと、殺してしまったのだろう。

そして彼はデニーン青年の部屋から出てドアに鍵をかけ、鍵は廊下に投げ捨てるか落とすかした。さらに彼は自分の部屋のドアにも鍵をかけ、ダイヤモンドを持ってベランダの屋根を越え下に降りた。これは屋敷の二階をうろついて捕まらないようにするためだ。すぐに二階に人が集まってくるだろうと恐れたのだ。一階にいったん降りて、一階の窓から再び中に入った——デニーン老人はまだ「夜の戸締まり」をしていなかったのを思い出してほしい――そして地下室へ行き、そこで血痕が付着した衣類を燃やした。私はもう少しで彼を捕まえられるところだったのに、逃げられてしまった。今ごろはダイヤモンドを敷地のどこかに隠すか、共犯者に手渡しているだろう。そして彼は出て行ったのと同じやり方で自分の部屋に戻るつもりなのだ。もちろん、彼は事件が発覚する前に戻るつもりだったのだが、私が地下室に行ったことで、計画の遂行に遅れが生じてしまったわけだ。

しかしどんな状況だろうと、彼は戻らないわけにはいかない。もし彼の不在がばれていなければ、すべてはまだ彼の思い通りになるだろうし、反対にばれたとしても、彼はもっともらしい説明をでっち上げてはったりをかければいいだけの話だ。逃亡は自白と同じだ。たとえ逃げても簡単に捕まるだろうし、戻ってきてもすぐに私たちに捕まってしまう。こうしてみると、フレデリクス氏は私と同じくらい頭がよさそうだ。

以上が、簡単だけど、この事件についての私の仮説だ。これだったらほぼすべての説明がつく。しかし第二の盗難とデニーン青年の机の上にあった手紙は別だ。でもささいなことだ。殺人事件とは何の関係もないかもしれないし。少なくともあの手紙は、発見された状況以外は、事件にはまったく関係ない。そして模造ダイヤモンド盗難は、本物のダイヤモンドの盗難や殺人事件と比べたら、大して重要ではない。というわけで、私は模造品についてはもうどうでもよくなった。私の仕事は本物を取り戻すことなのだから、まずやらなくてはならないのは、ローレンス・フレデリクス氏の行方をできるだけ早く突き止めることなのだ。

だから私はブロムリー・デニーンの後について「贈り物の部屋」へは行かなかった。それからもう一つ、フレデリクスの部屋に誰もいないのを確認してから、私は脱いだ服を隠しておいた廊下の暗がりへ走っていき、できるだけみっともなくないように再び身につけた。

私がそんなことをしていると、ステンジャーとレミントンが戻ってきたのが聞こえ、ケンプが彼らを呼び集めていた。後で聞いたところによると、彼らは村に立ち寄って寝酒を一、二杯飲んでいたので、遅くなったのだという。

私はと言えば、ケンプが彼らを「贈り物の部屋」に誘導するまで待っていた。そして屋敷から走り出て――服を着て気を確かに持って――フレデリクス氏の部屋の窓の真下まで行った。

私は急いでいても用心して、外に出る前に廊下や玄関の電気を消しておいた。私が行くのを、外をうろついているかもしれない人間に気づかれたくなかったからだ。重要なのは目当ての男が油断しているところをとらえることだ。だから私は忍び足で回廊を横切り、芝生に出た。ツタで進めなくなる場所まで行って立ち止まり、再びポーチに上がって、適当な椅子に座ると拳銃を手にして待ち構えた。

芝生のところの明かりはずいぶん前から消えていた。しかし一階の部屋の明かりはいまだに煌々《こうこう》とついていて、雨戸が閉まっていない窓からもれていた。だから私は影の中に潜み、光が完全な闇を長く切り裂いているのを見つめていた。時々屋敷の中から物音がする以外は、ずっと静かだった。窓のほうに少し体を傾けて時計を確かめると、午前四時二分過ぎだった。

もちろん、フレデリクスが戻ったとたんに逮捕する、なんて芝居じみたことをするつもりはなかった――もっとも彼が抵抗しようとしたら話は別だけど――それより、私はまず彼に事情を聞きたかったのだ。そして私が事件を伝えたときに彼がどう受けとめるかをこの目で見たかった。ところが、時間はじりじりと過ぎて行き、私はだんだん耐えられなくなってきて、警察が到着してしまうかも、それともケンプが私を探しに来てしまうかも、非常警報が今にも出てしまったらどうしよう、と怖くなった。後になって知ったが、私の相棒がはからずも私の役に立っていた。ケンプは、デニーン青年の死が自殺だとしても、当局への通報はフレデリクスが帰ってきてからのほうがいいと勝手に決めていた（ケンプは、私はずっと二階の廊下にいて、フレデリクスにこの事件について知らせるだろうと思っていた）。警察がやってきたら宝石泥棒がおびえて逃げてしまうだろうというわけだ。しかし私は静まり返ったポーチに座り、光と闇が入り交じった光景を見つめていて、そんなことは全然知らなかった。一分が一時間になり、ついにあきらめようとしたときだった。

目当ての男性がやってきたような気が何度もしたし、何度もただの夜の雑音だと自分に言いきかせた。そして廊下の時計が四時半を打ったのが聞こえ、さらに十分ほどたって、ようやく長い見張りが報われるときがきた。

彼は忍び足で来たが、ずっと遠くから私には聞こえていた（この種の物音を絶対に聞き逃さないように、一生懸命耳を鍛えたのだ）。小枝が折れる音が、遠く、左のほうからした。そして芝生の上をこっそり歩いてくる足音が近づいてきた。次に暗闇の中に男の影がぼんやりと浮かびあがった――それは見るというよりも感じるといったほうがいいほどの、かすかなものだった――そしてついに私のそばの窓から投げかけられた光の筋の中に、はっきりとした姿が見えた。

おそらく初めて彼を見たときのことを、決して忘れはしないだろう。あの九年前の晩と同じように、今でも私の心の目にははっきりと見える――何時間にも思える三十五分間、待ち続けた男性、強盗で殺人犯だと思っていたあの人が。

彼は背が高く、やせていたが体の均整がとれていて、印象的な力強さを見せつけていた――たいていの人間は、体のある部分が発達していたら、別のところが犠牲になっているのに、そんなところがなかったのだ。形のいい頭は、広い肩幅の上の美しい首の上に乗っていた。湿気のせいで細かくカールし、オペラハットの下からはみ出している髪の毛はとても明るい色をしていた。表情に変わったところはなく冷静で、きれいにひげをそった顔、大きな瞳は青色だった。力強いというよりあどけないような、二十六歳になったばかりには見えない少年のような姿と顔をしていて、私はとても率直で正直な人だという印象を受けた。

はっきり覚えているが、彼に会って最初に思ったのは、私が間違っている、ということだった。この男性が犯人であるはずがない。装飾のない真珠のボタンがそろっている彼の夜会服のベストを見て、その思いを強くした。私が予想していたものとは全然違っていたのだ。

しかしすぐに私は我を取り戻した。ボタンは様々な証拠のうちの一つでしかない。そしてローレンス・フレデリクスにとって不利とはならない唯一の証拠でしかないのだ。それに、例の飾りボタンがついていたベストは燃やされてしまっているのだから。

私はベランダの影の中に小さくなって待ち構えた。

フレデリクスはためらっていた。屋敷内に明かりがついているのを怪しんでいるのは間違いない。そして彼はさっと左右に視線を走らせ、誰にも見られていないと確かめてからポーチに近づき、ツタのからまる柱を見つけると、自室の窓めがけてよじ上った。

彼のこの動きで、彼の顔はちょうど私の顔の高さと同じになった。準備はばっちり。こう言った。

「きゃあ！」

その低い叫び声を聞いて、彼は落ちた。

しかし彼はひっくり返ることなくうまく着地した。まだ私のほうを向いている彼の顔には警戒の色が見て取れたが、恐怖の表情は現れていなかった。

私は優位な立場に立ったのを多いに活用させてもらった。

私は明るいところに出て、拳銃をさりげなく背後に隠した。

「フレデリクスさんでしょう？」私は尋ねた。

彼はまだひどく動揺していたが——こんなことがあったらみんなそうだろうけど——しかしどうにか取り繕おうとしていた。

「そうだけど」彼は落ち着きなく笑った。「でもどうしてそう思ったのかな。君はまるでこの屋敷に侵入する泥棒を捕まえたみたいじゃないか」

「あら」私は答えた——そして意味ありげな調子で——「最初は驚いたけど、あなたが泥棒だなんて思ってないわ」

「それはどうも」彼は親しげに応じた。「でも状況は違うだろう。十五分ほど前に、寝る前の散歩をしたくなったんだ。ほかの人のじゃまをしたくなかったから、ちょっと変わった方法で外に出て、今度は出たのと同じ方法で中に入ろうとしただけだよ。もしかしたら君もすぐには寝られなかったのかな？」

その口調は実直そのものだったけれど、彼は一時間以上前から部屋にいなかったし、私はこのポーチで最低でも三十五分は待っていたんだから！

私はゲームの序盤なのに、最後の切り札を出してしまった。

「いいえ」私は言いながら、背中の拳銃をもてあそんだ。「そんなことで起きていたんじゃないの。どうしてもあなたに会いたかったのよ」

「僕に？」彼は繰り返した――そしてその口調が不安げになってきた。

「そう」私は急いで説明した。「あなたにお会いするのは初めてですけど、とても重要なことをお話ししなくてはいけないの。私はベアードといいます」

彼は礼儀正しく一礼した。

「お会いできてうれしいです」彼は言った。「招待客の中にベアードさんという方がいるとは聞いていませんでした」

「ところが」私は言った。「私は実は探偵なんです」

それを聞いた彼は、見る見る浮かない顔になった。

「探偵？」

「そうなんです。フレデリクスさん、デニーン家のダイヤモンドが盗まれたことをお伝えするために、あなたを待っていたんです」

「なんだって！」

あら、彼は上手に驚いてみせたわ。でも私はそう簡単にはだまされない！

私は拳銃をぎゅっと握りしめ、そっと前へ持ってきて、ドレスのひだのあいだに隠した。

「それに」私は身を乗り出し顔を突き合わせるようにして告げた。「ジェームズ・J・デニーン青年が――」

私はわざとここで間を置いた。しかし彼はわけがわからないという顔をしていて、私は一語一語をはっきり強調しながら先を続けた。

「デニーン氏の息子さんが、自分の部屋で、喉を耳から耳まで切り裂かれて死んでいるのが見つかったんです」

この言葉は彼を叩きのめした。彼はへたり込むところだった。前方に体が傾き、ポーチの手すりにすがりつかなければ、そのまま倒れていただろう。

しかしすぐに気を取り直した。

「ええと――名前は――」彼は言いかけた。

「ベアードです」私は冷静に手助けをした。

「ベアードさん、冗談だろう？　いや、冗談にしてはたちが悪すぎる！」

「恐ろしい真実のみをお伝えしています」

「だったら、その――ぐずぐずしていられないじゃないか！　誰がやったんだ？　家族には知らせたのか？　みんな知っているのか？　何が起きたんだ？」

彼は質問を浴びせながら手すりを飛び越し、私の目の前に立った。そしてようやく話を止めた。

「そうだ」彼は息をのんだ。「ジェームズの部屋は僕のすぐ隣じゃないか！」

私は彼をじっと観察していた。そして感傷という呪いが、私の心にかかってしまった。

「ええ」私は言った。「そうね。だから私があなただったら、もうちょっと発言には注意をするわ。来て。ほかの人たちは全員二階にいるから」

第十章　所長の決断

あの恐ろしい晩の出来事をこれ以上繰り返す必要もないだろう。別に事件の成り行きには何の影響もないし、探偵にとっても、あれは痛ましい記憶だった。私に限って言えば、身なりを整え、新しい服に着替えると、大騒ぎの召使いたちや、無力な父親、ヒステリーを起こしている母親、そして黙りこんでいるブロムリー――彼は大きな酒のデカンタに慰めを見いだしていた――を後に残して、のっそりした御者にブラック・スプリングス駅まで馬車を出してもらい、ニューヨーク行きの六時五十二分の汽車に乗ることができた。ケンプも私も、直接会ってこの事件をワトキンス所長に報告するつもりだった。最初の盗難事件は私の失敗で起きたのだから、当然私は、所長にこの事件の見解を自分で報告することにした。

さて、日曜日でもワトキンス所長はいつも早くから事務所に来ていた――実際、昼だろうが夜だろうがここは閉まることがないのだ――だから私が着いてからそれほど待たないうちに、彼はやってきた。

当然だが、所長は私を見て少し驚いた様子だった。

「おや、ベアード君」彼は穏やかに質問をしてきた。もつれたひげの奥で優しそうな青い目が、何かを期待している様子だった。「何か起きたのかな？」

「かなりいろいろ起きました」私は懺悔《ざんげ》する気持ちで答えた。

「どれくらい？」

「正確に申し上げれば、盗難二件と殺人一件です」

私たちの不変のルールに従って、最初からすべてをできるだけ詳しく、起きた順に報告した。私がここに書いたようなことだ。もちろんケンプと私のあいだの微妙な会話は省いたし、それから殺人があった部屋の外で鍵を発見したことは言わなかった——その理由は後で、明らかにする——しかしそれ以外は詳細に語ったし、私が言い落としたことは、ワトキンス所長が——驚きを表すことがない人なのだ——短く的確に要点をついた質問をして補ってくれた。こうして一生懸命、事実を脚色してしまったので、結局私はプロとは言いがたいことになってしまった。

「現在ケンプさんの見解では」私はしめくくった。「デニーン青年は、フレデリクスとブレーズデール嬢の関係を知って自殺し、彼の死はダイヤモンド盗難には直接関係はないとのことです。だとすると——いえ、ともかく——盗難はフレデリクスの仕業だと考えざるをえなくなります」

ワトキンス所長はしばらく返事をしなかった。かわりに、彼は回転椅子に寄りかかったまま私をじっと見つめていた。この場所からは、彼の巨大な口ひげが顔の前に来て、まるで雑草が森の中に生えているように見えた。しかしそのひげの中から、彼の鋭い瞳が肉食動物のようにぎらぎらと輝いているのだ。

長い沈黙が続いた。そのあいだ私は彼の無遠慮な視線を我慢しなければならなかった——あんな夜を過ごしたあとだというのに！——私の目には次第に涙がたまってきた。

ようやく所長は沈黙を破って、非難の気持ちを包み隠す独特の感情のない声で言った。

「そうだね、本当に、ベアード君」彼は言った。「君は実に見事にやったようだ」

うなずく以外、何もできないじゃない？

「さて」彼は冷たい声で続けた。「君がとった行動だが」そして論理的な正確さで彼は指を折りながら、この事件で私のやらかした失敗と、それによって会社に与えた損害を数え上げた。「このように」彼は結論づけた。「君とケンプ君の二人は、我々が二十五年間かけて築き上げた信用を台なしにしてくれた。〈ワトキンス探偵事務所〉の二人は、ダイヤモンドの監視のために屋敷に派遣されたのだ。ところがダイヤモンドは君たちの目と鼻の先で盗まれた。まんまと現場から持ち去られ、かわりに偽物まで置いていかれた。そして何よりも、そこから三十ヤードも離れていない同じ屋敷内で、奇妙な状況下で人が殺された。風刺画家どもは、これであと二ヶ月は飯の種に困らないだろう」

何も言えない。私はうなだれた。

「ワトキンス所長」彼が言い終わると、私はすすり泣きながら、一生懸命話した。「私が悪いのは、本当によくわかっています。今朝六時からそのことばかり考えていました。でも事務所の信用ががた落ちになった以上、この事件を解決して評判を取り戻すしかないんです。この事件を誰に担当させるかわかりませんが――私は誰でもかまいません――でも私をクビにする前に、一つだけお願いがあります。どうか私に犯人を捕まえさせてください！　お給料なんていりません。必要経費だけでいいです。お金を持っていたら、経費もいらないんですけど。でも残っている予算を私にまわしてくれたら、これだけはお約束します。絶対にその経費はお返しします。解雇は覚悟しています。でも明日の晩までにローレンス・フレデリクス逮捕に十分な証拠をそろえてみせます」

私は一生懸命、そしてやけになって主張した。私の探偵としての評判と――それよりも大事な――生活の糧が危機に直面していた。だから私は、フレデリクスが犯人ではない、と言えなかったのだ。自分の弱さを痛感し、失敗したことに気づいていた。でも、この冷たい男性の事務所の評判を私が落としたからって、私自身には関係ないんじゃないかと、心の中では自問自答していた。

しかし驚いたことに――想像もしていなかった――彼は私の提案を受け入れたのだ！

「ベアード君」彼はお得意の即断即決で述べた。「いいだろう。渡しておいた現金は持っていなさい。明日の晩までにもっと必要になったら、暗号電報を打ちたまえ。いくらでも送金する。さらなる指示については、考えがまとまり次第、ケンプ君に連絡する。さて、いつまでに逮捕できると考えているのだね？」

「明日の晩までには」

彼はメモ用紙に書き留めた。

「逮捕か解雇か」彼は書きながら読み上げた。「明日夜六時まで」

そして視線を上げるとにっこりほほ笑み、軽くうなずくと面会は終わりだと合図した。

交渉は終わった。私はローレンス・フレデリクス逮捕に十分な証拠を手に入れるために、ダイヤモンドの行方を突き止めなければいけない。そのためには、あと三十六時間しか残っていないのだ。

第十一章　死ぬかと思った

　三十六時間もケンプと一緒に犯人を見張るなんて！　いろいろ考えれば、ヨット乗りならこの時間を十分な「タイムアローアンス」［ヨット間の不公平を除くためのハンディキャップのこと］だって言うだろう。せっかく街中に出てきたので、捜査のためにフレデリクス氏の市内の住居に立ち寄ることにした。

　私はいちばん現実的なやり方で捜査を進めた。まずはトルコ風呂で一時間過ごし、出てからお高い店で朝食をもりもり食べ――こんな朝食を自腹で今度いつ食べられるか、わからないから――そしてようやく、電話帳を調べた。

　ニューヨークにはローレンス・フレデリクスという人物は二人いるようだ――一人はリバーサイド・ドライブの高級アパートメントに何部屋か持ち、もう一人は西五十七丁目通りに手ごろな部屋を借りていた。彼とその恋人の会話を盗み聞きした内容を思い出し、後者の住所のほうが可能性が高いと判断したが、やはりその考えは間違っていなかった。

　そこはよくある下宿屋だった――まさに絵に描いたような下宿だ――呼び鈴を思いっきり鳴らすと、少しだらしないメイドが出てきた。

「フレデリクスさんはいます?」私は尋ねた。

「いいえ、いませんよ。昨日ハドソン川のどっかに出かけて、水曜まで戻ってこないって言ってたっけ」

私はいかにも困ったふりをした。

私は叫んだ。「そんな！　どうしましょう！　私は彼のいとこのベアードです、カンザスシティから来たの。デニーン家の結婚式に出席するから、彼とは駅で待ち合わせようって電報を打っておいたの。でも汽車が電報で知らせておいた時間より早く着いちゃって。彼は私を置いて、ブラック・スプリングスに行ってしまったのね。どうしたらいいのかしら?」

ひどい出まかせだったが、うまくいった。娘は私をじっと見た——人相学の専門家に言わせると、私はニューヨークのメイドがお似合いの顔なんだそうだ！——職業を変えたほうがいいのかもしれない——そんなことお世辞にもならないけど——でもそのせいか、彼女はすぐに打ち解けた。

「ねえ、お嬢さん」彼女は言った。「たぶんニューヨークを出る前に、きっとここに戻って来るよ。あんたと行き違いになったと気がつけばなおさらだ。部屋で待っててもらってもかまわないよ」

私はかまわないどころではなかった——それが目的なんだから——そしてすぐに私は彼の部屋で一人になった。

実に質素な部屋だった——居間と寝室だけだ。居間のほうには貸し家具の机、安楽椅子二脚、軽めの小説数冊、鉱山に関する本数冊、パイプ、コロラド州の地図一、二枚があり、寝室のほうには——そのほとんどは下宿のおかみさんが置いたのだろうが——三流下宿屋ではおなじみの黄色いニスが塗られたマツ材のベッド、これまた同じような、引き出しを一度開けたら閉まらないような書き物机、昔はきれいだったと思われる衣装戸棚があった。

ここの住人の正体を確かめるために観察していると、書き物机の上に銀の写真立てに入ったイヴリン・ブレーズデールの写真があった。おかげで最初から私は馬鹿らしくて嫌になったのを覚えている。一人の男性が殺人を犯すほどの価値があるかわいさとは、とても思えない!

まず最初の攻撃目標は衣服だ。そこでまず小さな成功を収めた。スーツを下げるフックが六つあり、その半分が使用されていた。そこから推理して、フレデリクス氏は「メイプル荘」に旅行用スーツ一着、フロックコート一着、そしてそれらに合わせたズボン、さらに夜会服一式のみを持って行ったと結論づけた——それは昨日の夜にデニーン家の暖房炉で替えのベストとシャツを焼却したという仮説とかなり食い違っていた。

私は引き出しの中をよく探したが、そうそう幸運は転がっていなかった。そしてカーペットやベッドに書類を隠していないか探しても空振りだったので、今度は居間を徹底的に捜索した。

机の中から、動機に関する私の仮説の裏付けとなる、決定的とは言えないまでもある証拠が一つ二つ見つかった。

まず、手紙の束だ——大きな四角い封筒に入っていて、かすかな香りがした。大きく「今どき」の筆跡で住所が書かれ、ピンクのリボンで結ばれていた。見たくないけど見なくてはならない。そういうわけでちょっとだけ目を通して、私が思っていた通りだと確認し、大きなポケットの中にしまい込んだ。こういうときのために私はいつもアンダースカートにポケットを作りつけているのだ。

次はお金に関する問い合わせで、これは別の手紙の束からすぐにわかった。その手紙はサン・フアンとかいうところにある鉱山町からのものだった。それらの手紙を申しわけないが読ませてもらった。フレデリクスの旧友ハロルド・ジョーダンが、先年の恐慌時に所有者が放棄したある鉱山に、持ち主が思っていた以上の価値があることに気がついたそうだ。一通目の手紙には、その発見と、ジョーダンの判断を専門家が支持したと書いてあった。二通目には、所有者は二万ドルで売却すると書いてある。三通目には、デンヴァーの企業連合は、専門家の推薦状さえあれば、ジョーダンから鉱山を二百万ドルで購入すると書いてあった。さらにたった一週間前の日付の四通目は、フレデリクスにどうにか一万ドルを捻出してくれ、それだけあれば彼もジョーダンも金持ちになれると書いてあった。

みんな専門的な話で、全部を理解できたわけではないけれど、この部屋ではこれ以上調べることはないと確信した。二つ目の手紙の束を、最初の束と一緒に詰め込んで、大いに満足して退散することにした。

玄関口で先ほどのメイドにまた会った。彼女はぼんやり口を開けて通りを眺めていた。

「もう待たないことにしたわ」私は言った。

そして怪しみだした彼女をよそに、意気揚々と出発した。

ブラック・スプリングスへの帰路は特に何も起こらなかった。しかし始まったときと同じように、デニーン家殺人事件に対する私の態度が一変することになってしまった。

移動中、当然私はずっと事件について考えていた。そして考えれば考えるほど、気が弱くてぐずぐずしているブレーズデール家の娘よりも十倍は素晴らしい男性が、彼女の婚約者を殺害した犯人としておそらく絞首刑になるかもしれないことが、だんだんくやしくなってきた。率直に言えば、私は自分の仕事は好きじゃない。短い経験で初めて、個人的に惹かれる犯罪者に出会ってしまったのだもの。彼が犯人であってほしくない、でも正直、彼以外考えられない。そういうわけで、私はイヴリンを呪って腹いせをしていて、ブラック・スプリングスの小さな駅に到着する頃には、彼女に対してずっと頭に血が上っていたので、頭を冷やすために貸し馬車の呼びこみを断り、「メイプル荘」まで歩いて行くことにした。

ニューヨーク郊外ほど散歩して楽しい場所はないと思う。なだらかな丘、森、農場、手入れのいい田舎の地所が続き、広々とした青いハドソン川が、悩み深い女性探偵の目をずっと楽しませる。

しかし楽しみは続かない。川がぐっと内側に曲がるところまでやって来た。つまり、デニーン家の門に近づいたということだ。そこで突然近づいてきたものに、私はまったく気がつかなかった。

巨大な黒い影がいきなり角を曲がって来た——全速力を出した自動車だった——私は恐怖に震え上がった。あと一インチでぶつかるというところで、一人の男性が道路の反対側の生け垣の中から飛び出してきて、自らの命の危険も顧みず、道路を一気に横切ると、私を捕まえて、ついには二人一緒になって道路端のごみの中に転げ込んだ。

あっという間に皆が自動車から降りて来た。近くから野次馬が集まり、興奮して大騒ぎをしていた。

しかし私はすぐに立ち上がった。動揺して泥だらけだけれど無事だった。そしてそばの男性を見た。

彼も全身ごみだらけになっていた——全然ロマンチックな姿じゃない——そして目の上の醜い切り傷から血が出て、顔の横を流れはじめていた。しかし彼は立ち上がり、落ち着きを取り戻すと、笑い声を上げた。

そのとき、彼と私の視線が合った。そして私はジェームズ・デニーン青年を殺害した犯人に恋しているのに気がついたのだ。

第十二章　ケンプ、真実を知る

私は当然のことながら、どこかへ逃げ出してもう一度よく考えてみたかった。そして当然のことながら、この状況はそうするのにうってつけだった。私は皆に大した傷を負っていないと説明して、大急ぎで「メイプル荘」に行き、自分の部屋に閉じこもって一人きりになった。

本当に困ったことになった！　女性探偵フランシス・ベアードは、恋に落ちるくらい感情的で、仕事中に恋するくらいおばかさんで、ほかの女性からのラブレターを盗んで持っているのに、その相手の男性に恋するくらい、おかしいのだ――その男性は私でない女性のために、泥棒だけでなく殺人まで犯してしまったのを私は知っているし、私が飢え死にしたくないなら、明日の晩六時までに、逮捕しなくてはいけない相手なのに！

それに彼が有罪なのは間違いない。私は犯行に至る明白で強力な動機を二つも発見した――すなわち愛と強欲だ。彼の口から直接、盗みをするかもしれないとほのめかすのを、この耳で聞いた。殺人事件直後から屋敷にいなかったのに、嘘をついたのを知っている。それに彼だけに犯行の機会があったのも知っている。

そうだ、私は知っている――ほかの誰も気づいていない！　そう、彼と私だけしか殺人が犯されたと断言できる人間はいないのだ。私たちだけの秘密だ。ケンプにごまかしておいた鍵の一件は、ワトキンス所長には気づかれているかもしれないけれど、疑われていないだろう。そのとき、いきなりある考えがひらめいた。

もし私が何も話さず、手紙の束を捨てたら、警察が万一フレデリクスを窃盗で逮捕したとしても、誰にも殺人事件があったことは気づかれないかもしれない！

そうしたほうがいいんじゃない？　でも、もし窃盗罪でフレデリクスを有罪にできなければ、私は結局、彼をおてんばのイヴリンに渡すことになってしまう！

そんなのは嫌だ。彼は絞首刑になればいいんだ。

私はベルを鳴らしてケンプを呼んだ。やってきた彼の小さな黒い目はぎらぎら輝き、見るのも嫌な小さな体は満足げだった。彼は自信満々の様子だ。

「怪我がなくて本当によかったよ、ベアードさん」彼は言った。

「ありがとう」私は言った。「でも仕事が残っているでしょ。座って」

彼は従った。

「知っての通り」私は続けた。「私、ニューヨークに行って来たの」

「所長と会ったのか？」

「そのために行ったに決まってるでしょ」

「まあ、そうだけど、落ち着いてよ、ベアードさん。ワトキンス所長に叱られたからって、僕に当たることないじゃないか。なんて言われたの？」

「実を言うと、所長はそれほど怒っていなかったのよ。あれは怒っていたとは言えないかもね」

「へえ！　まあ、所長が怒っているところを見せたことはないけどね」

「それから、所長は私に命じたんだけど」――「私」という言葉を特に強く言った――「この事件の調査を続けなさいって。それでね」私は、前の晩フレデリクスが戻って来た後の話を細かく説明した。

「前にも言ったけど、あなたが私を死体と置き去りにしていった場所で、ずっと待っていたけど、誰かが階段を降りる音がしたような気がしたの。そこで私も下に降りてみたら、ブロムリーに出くわしたの。彼には適当なことを言ってごまかした。戻っても落ち着かなくて、下に降りていったら、今度はあの人――名前は何だっけ？――フレデリクスに出くわしたのよ。それが私のほうの出来事。今度は昨日の夜と今日、何が起きたのか、私に教えてよ」

　ケンプは筋道立てて話をすることができなかった。単純なことを要求しているのに、彼は困り果てていた。

「夕べは特に何も起きなかったよ」彼は言った。「君が知っていること以外は」

「もう、何言ってるの！　私を置いていった後に、あなたは『贈り物の部屋』に戻ったんでしょ？」

「うん」

「誰がいた？」

「ブロムリーとフレデリクス以外の全員だよ、もちろん」

「どんな様子だった？」

「自殺のことを告げたとき?」

「いいえ――その前に、盗難のことを話したときよ」

「そうだね、ご老人の様子は君も見ただろう。デニーン夫人は僕が戻ってきたときは、大荒れだったよ――屋敷の召使い全員を今すぐ逮捕しろなんて言っていた。それから当の召使いたちは、おびえて真っ青になっていた。その後、僕は彼らの持ち物検査をしたけれど、まったく問題はなかった――屋敷内には六人いて、厩舎《きゅうしゃ》のほうにいる四人は今日取り調べた。もちろん彼らが自分たちの部屋に戻る前に、部屋も調べたよ――でも、何も発見できなかった」

「それでジェームズが亡くなったことは伝えたんでしょ?」

「うん。デニーン夫人はヒステリーを起こして、父親は気を失った」

「それからほかの人たちは――デニーン氏以外ということだけど――あなたが探偵だと知って、どんな反応だった?」

「正直な人間に予想されるような反応そのものだった――みんな、夫人から召使いまで、僕が現場にいて幸運だという顔をしていたよ」

「それで今日は何か起きた?」

「そうだね、僕の捜査が終わるとほぼ同時に、検死官がやってきた。僕は仕事が終わるまでじゃまされたくないんだよね。彼は自殺の線で検死していた。おそらく彼の報告書のおかげで通常通りの調査で済むだろう。死んだジェームズは僕が言った通り、手際よくやってのけた――使ったナイフは、いつも開いたまま書き物机の上に置いてあったらしい。それから、レアードとトンプソンという二人の郡の刑事が、盗難事件の捜査をした。もちろん連中は見当違いのことばかりやっていたよ。召使いや彼らの部屋を徹底的に調べて——空振りだった。お互いに皆、どこにいたか証言できたし、彼らの部屋にも証拠なんて一つもなかった。結局僕に助けを求めてきたから、正しい道を教えてあげたよ。連中は進んで僕の指揮下に入り、まあまあよく働いてくれている。いいやつらだ——ちょっとばかり頭はとろいけどね。こんな明快な事件でも彼らには指揮する明敏な頭脳がいるんだ——」

しかし私は自慢話を遮った。

「それで、その正しい道で、何か進展はあったの？」私は尋ねた。

「まあ、犯人は頭の切れるやつだというのは、認めるよ。まず、あいつは逃げ出すような馬鹿じゃない。夕べ外から戻って来たとき、あいつは自殺の知らせを聞いて本当に悲しんでいる様子だった——それも当然だけど——そして彼はここで切り札を切った。あいつはここに滞在して、遺族の心痛をお慰めしたいと言ったんだ」

「それで彼はここに残ったわけね。ほかの二人はどう？」

「ステンジャーとレミントン？　ああ、彼らは面倒に首を突っ込むような連中じゃない。さっさとニューヨークに帰ったよ」

「盗難事件が起きた時間、彼らがどこにいたか聞いたんでしょうね？」

「もちろん。僕が二階に行く直前に、彼らがラスト・ダンスを踊っているのを見たのを覚えているし、二階に行ったら君は模造ダイヤモンドのそばにいただろう。聞いてみたら僕の記憶通りだと判明したので、彼らは帰したよ。でもいいかい、ベアードさん」そしてケンプは、自分の説以外すべての考えを否定するようにきれいで小さな手を振った。「みんなの行動を確かめるなんて、形式的なもので必要ないよ。たった一人だけでいいんだ。ほんとに単純な事件で、もう仕事するのも嫌になっちゃうよ――時間の無駄というかなんというか」

「じゃあもう本星と話をしたの？」

「いいや。宝石の行方が明らかになるまで、それはしない。それから夕べ、僕は思いついたことがあるんだ。本物の宝石を盗んだ犯人は、偽物も持っているに違いないってね」

「なんですって？」

「間違いない。こういうことだ。もしフレデリクスがデニーン青年に宝石を盗んだことを非難されたとしたら、デニーン青年は本物が偽物にすり替えられたのを知っていたことになる。つまり一方が明らかになれば、もう一方も明らかになるというわけだ。彼の元々の計画では、すり替えは結婚の贈り物が渡されて花嫁が身につけるまで露見しないはずだった――そのときまで盗難の機会はいくらでもあったから、いつ誰が盗んだか誰にもわからないはずだった。でもその計画がうまくいかなかった場合、つまり偽物だとすぐにばれてしまったら――そりゃあ、その場にいた人々で家族でない連中が疑われることになるだろうし、そうなったら偽物を作るチャンスがあった人間はたった数人なんだから、簡単に突き止められるだろう。言い換えれば、このどんでん返しのおかげで、彼は自分への疑いを招くことになってしまったんだ。だからデニーン青年を一人にしたあと――実際は自殺をするよう一人にしたんだけど――フレデリクスはほんの数分前に自分が『贈り物の部屋』に置いた偽物を盗んだんだ」

「でもそうだとすると、フレデリクスは、デニーン青年が、自分のことを犯人だと思っているのはほぼ確実だって気づくでしょう」

「泥棒にとって、ほぼ確実だから、なんて関係ある？　フレデリクスが気にしているのは、法律上確実かということなんだ。だから偽物を隠滅すればフレデリクスは――事実そうなったけど――法的に有罪になる危険も取り除いたことになるんだ。彼が作った品物は、彼にとって不利な証拠になる。だから彼は証拠を隠滅したんだよ」

「それで、夕べこの新しい推理を思いついて、結局どうなったの？」

「どうなったかというと、僕は思いつくとすぐに、デニーン老人のところへ行って、僕のじゃまにならないよう、本当のことは全部説明しないで、実際は盗難事件は二回あったことを黙ってもらっている。だから今、老人と警察と犯人本人しか、その事実は知らない」

「まあ、頭いいわね！」でもこの男は私の皮肉にさっぱり気づかなかったので、先を続けた。「フレデリクスはあなたに疑われてるって知っているの？」

ケンプは精一杯虚勢を張った。

「僕がそんな馬鹿に見えるかい？」彼は言い張った。

私は心の中で、限りなくそう見える、と思ったけれど、そんなことを言ってもしょうがないので、話を続けた。

「それで宝石の行方は、まだわからないの？」

「まだだよ」

「まあもちろん、所長は人を集めて街中の故買屋や質屋を調べるだろうし、警察本部の捜査員もいるでしょう。それから盗品の特徴が全国に連絡される。でもあなたの推理はどうなの？」

「彼は宝石を盗み、ここの敷地のどこかに隠し、翌日に持って逃げるつもりだった。彼にはそれ以外何かをする時間がなかった。屋敷内や召使いを徹底的に調べたけど、実を言うと、何か出てくるという期待はしていなかったし、まあその通りだったわけだ」

「それじゃああなたは、フレデリクスには共犯はいないと考えているのね」

「いない。だって紳士が悪事を働こうとしても、手助けしてくれる悪党の知り合いなんているはずがない。それに同じ階級の人間を信頼することもできないし」

それは真実だ。しかし私はコロラド州の男を覚えていたので、デンヴァー警察に電報を打って、彼がまだサン・フアンの鉱山町にいるかどうか確認してもらおうと思った。

「でも、フレデリクスに模造品を作るチャンスがあったかどうか確認したんでしょ？」

「それとなくやってみたよ。老人は僕の意図には気づかなかったようだけど。宝石を銀行に預けていた期間以外で、老人の手元から離れたのはたった一回だけだって、彼から聞き出した。昨年息子のジェームズが父親をだまして、貸金庫を開けさせてダイヤモンドをニューヘイヴンへ持って行ってしまったときだ。大学の演劇の小道具として使って、なんと女性の役を演じたフレデリクス本人が、それを身につけたそうだよ」

私は口笛を吹いた。すでにわかっている事実と合わせると、これは決定的じゃないの。

「それじゃあ」私は言った。「まずやるべきことは、ニューヘイヴンかニューヨークで模造品を作った職人を探すことね。ニューヘイヴンならそんなことができる人はせいぜい一人くらいだろうけど、ニューヨークだったら半ダース以上はいるんじゃないかしら」

「もう手配したよ」とケンプは改めて胸をはり、謎へと一歩近づいてみせた。「今朝ニューヘイヴン警察に電報を打った」

「返事はなんて？」

その答えとして、ケンプはおなじみの青い活字の見出しがついた白い紙切れを取り出した。

私はそれを受け取って読んだ。


J・W・ごっとしゃるくガ当市デオシラセノ模造品ヲ本年五月二日L・ふれでりくすノタメニ製作ス。

けんしる警察署長

私は立ち上がり、窓辺に歩み寄った。この嫌なやつに私の顔色が変わるのを見られたくなかったのだ。ケンプは私がつかんでいた最後のわらまでひったくってしまった。心の奥底では、私は一縷《いちる》の望みに賭けていたのだ。フレデリクスの有罪は間違いないと思っていたけれど、少なくともケンプには証明できるはずはないと、たかをくくっていた。でも今、ケンプは犯人を追いつめている。彼の明白な主張の正しさを説明するために、宝石を見つけるまでもない。逮捕状発行に十分な証拠がそろっている。人身保護令状［不当に自由が奪われている人を救出する方法］をはねつけるのにも十分だし、大陪審でも余裕で起訴が決まるだろう。懲役刑になんかならないはずだったけど、これだけの事実がわかり、しかもブラッドハウンドのように執念深いケンプが追及するというのなら――そう、実際そんなやつだっていうのはよくわかっている！――フレデリクスには逃れるチャンスなんてほとんど残っていない。

この相棒が今つかんでいる事実に加えて、もし私が知っているほかの事実がばれてしまったら！ほかの所から隠れて絶対に見えない迂回路《うかいろ》を、二人の人物が屋敷に向ってやってくるのが、私の目に映った。それはイヴリン・ブレーズデールとフレデリクスだった。

彼は帽子をかぶっておらず、幅の狭い包帯を頭に巻いていた。私を助けるときに怪我をしたからだ。しかし考えていたのはそんなことじゃない。いいえ、何も考えられなかった。のんびりとそぞろ歩くカップル、彼が彼女の顔をのぞき込む様子、彼女が彼に向けた間抜けな笑顔からわかるたった一つのことだけしか考えられなかった。

デニーン青年が殺された場所は、あそこからたった百ヤードしか離れていないのに！

私はケンプのほうを向いた。

「ケンプさん」私は言い、早口で話した。胸がいっぱいで何を言っているかわからなかったし、それに一気に話してしまわないと、また自分の気持ちが変わってしまうかもしれないと心配だったのだ。「一つ謝らなければいけないことがあるの。あなたは私が思っていたよりもずっと優秀だってわかったわ。私――私、あなたは立派だと思うし、本当だったら共有しなきゃいけない情報を、自分の利益のために隠そうとしていた自分が、恥ずかしいの。実は夕べ起きたある事実を、あなたに黙っていたのよ」

彼はにこにこしながら私の言うことを聞いていたが、最後にはぽかんとして私を見ていた。

「僕に隠しごとをしていた？」彼は繰り返した。

「ええ――というよりも、嘘をついていたと言われても仕方がないわ」

「何を？」

「あの鍵を覚えている？」

「デニーン青年の部屋のドアのやつ？　君が彼の部屋の中で見つけた？」

「そうよ。あなたが立ち去った後、錠に差し込んで確認していなかったのを思い出したの。あの鍵はあのドアのじゃなかったのよ」

「じゃあどこの鍵なんだ？」

「さあ、それはわからない。でも関係ないでしょ？　あれはただの余計な鍵で、この事件にはまったく意味がないのよ。重要なのは、私がその後、彼の部屋の本物の鍵を見つけたことなの――ドアの外の廊下でね」

女性という生き物は、決して真実のすべてを明かしはしない――そう、この場合男性だったらどうするだろう？――そしてこれは私ができる、ぎりぎりの自白だったのだ。しかし期待通りの効果を、ケンプに与えた。彼は椅子から飛び上がりそうになった。私がずっと隠していたことを非難するのも忘れて、彼は新しい事実にすっかり夢中になってしまっていた。

「それじゃあ」彼はつぶやいた。「この事件は――この事件は殺人事件じゃないか！」

私は黙ってうなずくと、再び窓のほうを向いた。ローレンス・フレデリクスはすぐ下にいた。彼は明るい髪の頭を上げ、私を目に留めると、一礼した。

次の瞬間私は興奮して泣きながら、ケンプに向き直った。

「出て行って！　出て行ってよ！」と叫びながら、彼を部屋から突き飛ばすようにして追い出した。

「私——もうこれ以上何も言えない。行って！　行って！　行ってよ！」

第十三章　血痕を追って

これで、もう後戻りはできない。私は確信を持って行動をした。泣くのをやめて、正義が命じたプロとしての義務を果たしたのだと、自分を納得させようと努力した。でも、できなかった。自分がローレンス・フレデリクスの運命を絶ったのは、よくわかっていた。だってあの人がジェームズ・デニーン青年を殺したのだから――イヴリン・ブレーズデールのために。

私はみじめだったけれど、ぼんやりとした義務感か、はっきりとした嫌悪感か、どちらから行動したとしても、まだやるべきことがあった。それは明らかに避けられないもので、しかも全部私にかかっているのだ。

しかし一つだけ、念には念を入れることにした。自分たちの仮説を押し進めるあまり、事実を犠牲にしないことだ。私は、自分の短い経験からも、自分たちの仮説を追い求めるあまりに、真犯人の手がかりに気づかずにいた探偵を――優れた探偵でも――数えきれないほどたくさん見てきた。だから私は一歩引いて、えこひいきをしないことにした。どんな可能性でも最後まで追及してみるべきだ――だからフレデリクスのことも最後まであきらめてはいけない。彼のことも公平に扱おうと思った。

ケンプは、屋敷の外の敷地のどこかにダイヤモンドが隠されているると確信しているので、屋敷内の捜索は必要ないと考えている。だから彼が調査をしたと言っても、かなりいい加減なのではないかと考えた。そこで私は自分でも調べようと決意した——特に当てはなかったけれど。

この駆け出しの当時でも、こういうことをやらせたら、私の右に出る探偵はいなかったと信じている。犯人がとんでもない馬鹿者でもない限り、ジェームズ・デニーン青年の部屋に盗んだ品は隠さないだろう。だから私は青年の部屋以外の場所を捜索した——そして何も見つけられなかった。

次に、ケンプと私が立てた仮説以外の、殺人事件についてのありとあらゆる仮説を検討していった。外部の人間が——強盗とか、積年の恨みを抱いた男女——屋敷に侵入して犯行に及んだという可能性はほとんどない。壁や窓を調べてみても、押し入った形跡を発見できなかった。回廊の屋根に残っていた跡は、誰かが——もちろんフレデリクスが——降りて行ったときのものなのは間違いない。下から登った跡は一つもなかった。玄関にいた召使いの男性は、すべての客の顔をよく知っており、問題の晩にはよそ者は誰一人入ってこなかったと請け合った。台所の召使いたちも同じく、見知らぬ人間は誰も裏口から入ってこなかったと証言した。脇の扉は鍵がかかっており、一階の部屋はどこも人がたくさんいた。最後に、私はそれぞれの証言をほかの召使いたち（彼らは皆、長年勤めている信頼がおける人々だ）から裏を取った。そしてわかったのは、全員夜中ずっと、しかるべき仕事をしていてその場を離れなかったということだった。

客のリストは役に立たなかった。私がどうやってそれぞれの客の行動を除外していったか詳しく説明しても、単に失敗に失敗を重ねていた、と言うのと同じだ。私は用心に用心を重ね、すべて裏を取るようにした――そしてどんな場合でも、物理的に客による犯行は難しいということが判明した。

　こうして、調査が終わっても、始めたときと状況は変わらないまま、またケンプと一緒になった。

　このチビ助はとても興奮していた。私に対してこんな嫌な態度をとったのは、これが初めてだったと思う。

「心配ないよ、ベアードさん」彼は敷地を歩きながら言った。私たちは屋敷が見えない植え込みのところまでやってきた。「わかってる」そして感情があふれでて隠せない私の目をちらりと見た。「君がどんな気持ちなのか、わかってる。君がしたことは大したことじゃない。自白するなんて素直だね」

　このうぬぼれ屋のチビ助は、この私がこいつをだましたことを後悔して泣いているのだと勘違いしている！

「これ以上迷惑はかけないようにするわ、ありがとう」私はどうにか返事をした。「それじゃあ仕事に戻りましょう」

　結局私たちは、殺人があったことはまだ誰にも知らせないようにして、フレデリクスを疑っているのを、気づかれないようにすることにした。検視審問の証言では、鍵の件について、うっかり言い忘れることにする。そして現在の捜査方針に従って黙々と捜査をする一方で、犯人には自分は安全だと思わせておいて、いずれぼろを出すのを待つことにした。

　もちろん、検死解剖で自殺ではないと発覚するかもしれないし、予想外の事態が起きてうまくいかなくなるかもしれない。しかし何も起こらなければ、ケンプは私が時間制限内に逮捕できなかった理由を所長に説明してとりなしてくれるはずだ。その一方で関係する人々には、郡当局や刑事にも、デニーン青年の死は自殺と思わせておいて、そして、どうしても必要になるまでは、事情は説明しないでおくのだ。

私はケンプにコロラド州のジョーダンの存在について伝えた。だいぶ遅れたものの、電報で、彼は権利を主張しているブラック・マウンテン地区にここ二ヶ月間滞在していたことが判明した。

次に、私はフレデリクスの住居を捜索した事実を明かし、私たちの仮説の動機の裏付けとなる手紙を発見したことも報告した。

「いいね」ケンプは言った。「見せてくれ」

しかしここで私はためらった。

「あわてる必要はないんじゃない」私は逆らった。「私の部屋に保管してあるし、それよりも今はフレデリクス本人から目を離さないようにしたほうがいいわ」

「ああ、彼なら大丈夫！　レアード刑事とトンプソン刑事に尾行させているよ。連中は彼がただの泥棒だと信じ込んでいるけど」

「でも、ほかにもまだやらなきゃいけないことがたくさんあるわ。たとえば――あなたは私なんかよりずっと頭がいいって証明したんだもの、私は言うことを聞くわよ、ケンプさん――あなたの推理を聞かせてよ」

ちょっとおだててやると、彼は調子に乗った――たいていの男性はこうなる。私たちが座っていた質素なベンチに彼はふんぞりかえり、煙草に火をつけた。どこから見ても三文芝居の主役だ。

「わかりきったことだよ」彼はお気に入りの言い回しで話し始めた（私は語彙が貧しい男は大嫌い。財布が貧しいのは言い訳できるけど、こちらはそうはいかない)。「こんな風に起きたんだ。フレデリクスは、デニーン青年が大学に宝石を持ってきたとき、盗もうと思っていた。だけどへまをして、犯行に失敗した。そして彼らは大学を卒業した。次の機会が今回訪れた。フレデリクスはジェームズから、老人はあの美人のブレーズデール嬢に宝石を贈るつもりだと聞いたにちがいない」(美人だって! 男って、あんなバカでかい娘のことをそう思うわけ?)「さて、彼は数ヶ月前大学生だったときよりも、もっと金が必要だった。もし一万ドルあれば、百万ドルもうけることができると、自分で言ったわけだから。かといって真っ当な方法では用意できない。さらにもし百万ドルあれば——あの娘と結婚することができる。そこで彼はかつての計画を実行する決心をした。模造ダイヤモンドを持参し、そして——そう! かつての計画を実行したんだ。

しかしなんらかの理由で、ジェームズ青年は今回、彼を疑った。おそらくフレデリクスがジェームズから金を借りようとしたからだろう。ともかく、ジェームズは自分の部屋に戻り、フレデリクスに、君を疑っている、こんなことはやめてスキャンダルになる前に手を引くべきだという手紙を書き始めた。そこで彼は気を変えて、男同士面と向かって問い質すことにした。彼は隣の部屋にいたフレデリクスを自分の部屋に呼び出した。そしてフレデリクスは自分の評判を守るために、ジェームズの喉を切り裂いたんだよ」

「じゃあ、模造ダイヤモンドはどうなったの?」

「それもわかりきったことだよ。僕の最初の推理が見事に当てはまるんだ。フレデリクスは怖じ気づいた。これでは絞首刑になる。追いつめられた彼は、あの模造品を追えば彼にたどりつくと気がついた。

そこで、君と僕が一階に降りて老人と話をしているあいだに、『贈り物の部屋』に行き、模造ダイヤモンドも盗み出したんだ」

私は地下室での冒険を白状した。

「あなたの推理では、どう説明するの?」私は尋ねた。

「まったく問題ない」ケンプは答えた。「すべてきちんと整合性が取れている。模造ダイヤモンドを手に入れた後、フレデリクスは窓から外に出て、一階の別の窓から中に侵入し、地下室に入って血に染まったシャツとベストを燃やしたんだ」

「でも私が見たときには、彼はシャツとベストを着ていたわ」

「まあ、たいてい、シャツは少なくとも二枚は持っているんじゃないか。それに夜会服のベストも一枚だけってことはないだろう。フレデリクスは、偶然の事故が起こることを用心して、替えの洋服を持っているくらい抜け目ない男なんだ」

「するとあと私たちがやるべきことは、敷地を捜索してダイヤモンドを見つけることと、フレデリクスの洋服を押収して血痕を探すことね」

「トンプソン刑事がフレデリクスを尾行しているあいだ、レアード刑事は敷地を捜索している。それを交代でやっているんだ。どう、僕はすべてにぬかりないだろう、ベアードさん!」

「それで——その——フレデリクスは今どこにいるの?」

「あいつは今日の午後にブレーズデール嬢をここにつれて来た——あーあ、ベアードさん、彼女はかわいい子だよなあ!——家族にお悔やみを言うためで、今は二人は一緒に歩いて彼女の家に戻っている」

私は歯ぎしりをした。

「じゃあ」私は言った。「フレデリクスの夜会服を調べるのにちょうどいいじゃない」

私たちは行動した。この調査は誰にも知られずに行うことができた。デニーン氏は自室に閉じこもり、デニーン夫人はブロムリーと彼女の部屋にいて、村の医者がこの二つの部屋を行ったり来たりしていたからだ。

そういうわけで私たちはフレデリクスの部屋に行った――そこはケンプによると、特に目的もなく一度捜索したそうだ――夜会服が下がっていたのを見つけたので、私の部屋に持っていった。

ケンプは目立たない染みを一つ二つ発見して大喜びしていたが、私の目にはどちらも古くて望み薄に見えた。

「喜ぶのはいいけど」私は言った。「血痕かどうか判定する適切な試験法について、知っているの？」

彼は知らないと、しぶしぶ認めた。

「じゃあ」私は言った。「私がやるわ。問題の染みが、人間の血液かそれとも何かほかの動物の血液か判別できるのは、ボルデ試験法だけど、難しくて専門家しかできない。でもその染みをつけた液体が、なんらかの動物の血液か、それとも関係ない液体かを判別する簡単な方法はある。その試薬だったら、今朝ニューヨークから戻って来たときに用意してきたわ」

そして私は顕微鏡とスライドと、ブンゼンバーナーを一緒に取り出した。自動車事故に遭ったけれど壊れていなかった。すぐにそのホースをガス栓に接続した。

私は用意をしながらこの試験法について説明した。

「あなたは怪しい染みを切り取ってちょうだい。そしてその切れ端をこのガラスのスライドの上にある酢酸溶液に浸して。炎の上で乾燥させて、顕微鏡にセットするのよ。もしその染みが血液ならば——そのときだけ——特定の結晶、血液の結晶ができて、レンズで拡大すればすぐにわかるの」

「じゃあもし血液じゃなかったら？」ケンプは小さくて白い歯を光らせながら質問した。

「そしたら結晶の形にならない」私は答えた。

「でもその結晶って、どんな形をしているんだ？」

彼はスライドの一方の端をつかみ、私は反対側をつかんでいた。私はピンを一本取り出して、彼の指にさっと刺してやった。

「見せてあげるわ」彼が痛くて悲鳴を上げているのを無視して説明した。

そして私は残酷な満足感を感じながら、彼の指から一滴血液を絞り出してガラス板の上に落とした。それを日光で乾かすと、その結果を顕微鏡で見せた。

「さあ」私は言った。「さっさと洋服から染みを切り取って、始めるわよ。それが何かの血液の染みかどうか、少なくともそれだけはわかるんだから——フレデリクスの洋服を駄目にしちゃうけど」

しかしこの嫌なやつが染みを切り取っているところを見たくなかったので、私は自分で彼の服を切ることにした。

私たちは懸命に、そして慎重に実験を行った。しかしすぐにはこの怪しい染みは試薬に反応しなかった。唯一発見できたのはいくつかの上皮細胞だけだった——それはもちろん、皮膚のどの部分、また消化器官のどの部位からでもはがれ落ちることが考えられた。そしてそのうち二つが赤色をしていた——

これは血液であるという陽性の結果ではあるけれど——問題の染みは、公正に考えてみると、血液であるかどうかはっきりとわからなかった。

「これでは」相棒に実験結果を示して言った。「私たちの推理にはちょっと不利ね」

しかしケンプは私の考えには反対のようだった。

「いや、わからないよ」彼は言った。「もちろん、もし染みが血液だったら僕たちの説の裏付けになっただろうけど、そうじゃないからといって、フレデリクスが殺していないってことにはならないさ。だってほかの証拠がはっきりそうだと指し示しているからね」

「でも、どうやって彼は血を浴びずに犯行に及んだっていうの？」私は問い質した。

「彼はベストとシャツには血を浴びたんだよ。だから燃やしたんだ。じゃなきゃ地下室へ行ってベストを燃やす必要なんてないだろう？　ほかのところには血液がつかなかったんだよ。なぜなら彼は犯行に及ぶ前に、デニーン青年に対して、部屋から出て行くふりをしたんだ。それともさりげなく部屋の中を歩き回っていたのかもしれない。そのときデニーン青年は椅子に深々と座っていた。フレデリクスは——書き物机から開いたままのナイフを取り上げて——後ろもしくは片側から身を乗り出して殺したんだ。被害者は何が起きたのかもわからなかっただろう。わかりきったことだよ」

私はこの推理をよく考えてみた。

「そうね」結局私は同意した。「そうしたにちがいないわ。事実と適合しないからと言って、決定的な証拠を無視できない——そしてこの推理は適合するわ」

ケンプは大あくびをした。この捜査は、彼にとってまったく無駄で、しかも退屈だったようだ。

「さて」彼は言った。「僕はこれを裏庭に持っていって燃やしてくるよ」

「取ってきたところに戻したほうが簡単じゃない？」私は示唆した。「もう二度と着ないでしょ。穴は大して大きくないから、実際に着なければ、気づかれることはないわ。フレデリクスはこの屋敷にいるあいだは夜会服なんてもう着ないわよ。もし燃やしたりしたら、彼が服がないのに気がついて、私たちが彼を監視していることがばれちゃうかもしれないでしょ」

「いい考えだ！　わかった。僕が戻してくる。多分彼はこれを二度と着ることはないよ。いや、死ぬまで着る機会はないだろうな」

第十四章　息子を殺したのは誰だ？

しばらく私は一人で座って考えた。確かにすべては明らかに、フレデリクスが窃盗犯であり殺人犯であると指し示している――そして血液試験の結果は、相棒の探偵の推理と合致しているだろうか？　もちろんしている。しかし強い後悔がわきあがってきた。私は密告をしてしまった――私はケンプに、犯人は重罪を犯したと言ったことに、気がとがめていた。そう、そうよ、結果はケンプの推理に一致する。でも私は心の中で、そうでなければいいのにと願っていた。

私は立ち上がり、階段へと歩いていった。外の風に当たりたかったのだ。そのとき医師の姿が目に映った。自動車事故のときに私を治療してくれた方だ。デニーン氏の部屋から出て、デニーン夫人の部屋へと向かっていた。そのとき思わず老人の部屋にふらふらと引き寄せられてしまった。

私はそっとノックした。

「どうぞ！」と答えがあり、私は中に入った。

その室内はとても質素だった。洗面台が一隅にあり、小型の書き物机が別の隅にあり、ひげそり台が二つの窓のあいだにあった。そして小さな軍隊用ベッドが壁際に置かれ、デニーン氏が横たわっていた。

彼はひどく年老いて見えた。真っ青にしなびた顔はしわだらけになり、硬いひげのせいで、襟で覆われていない首は余計に細く見えた。そして何よりも目立って、落ち着かない瞳が興奮し充血していた。それにもかかわらず、私を見た老人は半身を起こして礼を尽くそうとしたので、私は感動した。「ベアードさん」と言う声は、かつての口調を思い出せば、かわいそうなほど変わっていて途切れ途切れで、ささやきのようだった。「お見舞いありがとう」

私はありきたりのお悔やみの言葉をつぶやいて、彼の枕を少し直し、できるだけ心地よくしてあげた。「おそらく」彼は続けた。「何も――何も新しい報告はないのだろうな?」

もちろん私は――プロとしての義務感と、彼の弱り切った状態を考慮した結果――ダイヤモンドについて少しでも希望が持てる報告をすべきだったのだけど、その午後はいつもの私ではなかったし、それにまだ駆け出しの頃の私は、無害な嘘をつくことができなかった。

「ありません」私はそう言うしかなかった。

その声音で嘘だとばれてしまったようだ。その瞬間、私の指は鋼のような力強い手で握られた。あまりの痛さに叫び声を上げようとすると、彼の熱を帯びた顔、燃えるような眼差しが眼前に迫っていた。

「そんなはずはない!」彼はささやいた。

彼の声は先ほどよりもさらに低くなっていた――あまりに低かったので、目の前の私でさえ、ほとんど聞き取れなかったほどだった。

「本当です!」私は口ごもった。「手を離してください、デニーンさん。とても――とても痛いんです!」

しかし彼はさらに力を込めた。

「いいや、行かせるわけにはいかん」彼はささやいた。「わかったことを話さないと、もっと力を入れるぞ。子供扱いするんじゃない。昨日起きたことを思えば、何だって平気だ。いいか、あんたとケンプを雇っているのはわしだぞ？　さあ、早くしろ！　わかったことを言うんだ！」

彼は話しながら反対側の手を振り回し、最後の言葉を強い口調で言いながらものすごい力で私の手首を後ろにねじり上げたので、気を失うかと思った。

ほかの時だったら、こんなことをされたら反発するけれど、そのときは精神的にもくたくただったし、年老いて悲しみで半狂乱になっている、具合の悪い雇い主を叩くわけにもいかなかった。

「わかりました」私はうめいた。「手を離してくれれば、話します」

「約束するか？」

「はい、はい！」

そしてさらにもう一ひねりして本気だと見せつけておいてから、彼は手を離した。そして枕にぐったり倒れこんだ。顔は真っ青で疲れきった様子だが、気持ちはしっかりしていた。

「わしは――すまなかった、お嬢さん」彼はささやき、その目に涙があふれた。「しかしわしがどんな気持ちか考えたら、許してくれるだろう。ついさっき、ある知らせを受けた。あんなくそみたいな――失礼――ダイヤモンドなんぞ、もうどうでもいい。わしが知りたいのは――父親として、そして雇い主として聞く権利があるはずだ――わしの息子について何かわかったことはあるのか？」

私は棒立ちになってしまった。一体、彼は何を期待しているのだろう？

「それはその」私は言いかけた。「恐ろしい事件が昨夜起きたんです。ご存じだと思いますけど――」

「ああ」彼はささやいた。しかしその声音には悲痛さと慎重さが混じった怒りの色があった。「医者から聞いてる！　わしは赤ん坊ではないと言っているだろう！　当然覚えておる。忘れられるわけがなかろうが？　頭がおかしくなったんじゃないぞ。わしはまともだ。完璧に冷静だ。あんたが見つけたことを、しばらく誰にも話したくないわけもわかる。しかし誰もわしのことなんぞ考えていない。ただ教えてくれればいいんだ――お願いだ、お嬢さん、どうかわしの息子についてわかったことを教えてくださいいらんか！」

再び、私は衝動に任せることにした。ベッドの上にかがみ込み、彼と同じように声を低くした。

「デニーンさん」私はささやいた。「昨夜息子さんの部屋に私たちが行ったとき、ドアには鍵がかかっていました――そしてその鍵を部屋の外で発見したのです！」

彼は私を厳しい目で見つめた。最初、彼は真実に呆然としているのだと思った。しかし――確かとは言えないが、そのとき私は、ぞっとするようなことに気づいた。この男性は、予想していた通りのことを聞いているのではないだろうか！

次の瞬間、奇妙なことが起きた。デニーン氏の表情が変わったのだ。興奮していた私の目には、その変化は、自然に起きたようにも見えたし、私の視線の意味するところを見破って、私が簡単に読み取れるような仮面をわざわざつけたようにも思えた。突然、彼は私に、自分は驚いているのだと思わせたいと考えたようだ。

しかし彼のそんな困難な試みは失敗した。

「神よ、神よ！」彼はつぶやいた。「一体誰がこんなことをしたのだ？　誰がこんなことをできたんだ？」

「いいですか」私はそのときは、彼の奇妙な態度は無視するのがいちばんだと考えて、続けた――だってもしかしたら、最初に心配したように、ただ精神が錯乱しただけかもしれないから――「絶対に秘密にしてください」

「もちろんだとも」老人は背筋を伸ばした。「ああ、心配いらんよ、お嬢さん。もちろんだとも――誰にも話しはせん。それからあんたにお願いだ」そして彼はいきなり真剣な顔つきになって「どうか息子を殺した犯人を見つけてくれ！」

第十五章　おまえが犯人だ

その会話は——私があわてて逃げ出したので——これで終わりになった。どうやら私は殺人事件には向いていないらしい。名探偵だったら飛びつく事件なのに。牧師だったら司教の地位に、法律家だったら裁判官の地位に飛びつくように。でも私にはあまりにつらすぎた——とにかくつらいのだ。様々な感情が無理矢理小さなところに詰め込まれている、出来損ないの芸術作品のようなものだ。

私はとても悩んでいた。一方に、息子の復讐を私の人間性とプロとしての本能に訴えかける年老いた父親がいる（私を驚かせた表情の変化は、私の幻覚か彼が錯乱したかのどちらかだと結論付けた）。また一方には——嫉妬と怒りをものともせず——あらゆる証拠が殺人犯だと示している男性に、恋してしまった私がいる。

私は決心した。もうケンプは関係ない。この事件は私が解決する。頼りないかもしれないけど、この手で。私の行動に倫理的問題がないかを常に考慮し、相棒の探偵との約束は無視することにした。フレデリクスがイヴリンを送っていったのを思い出したので、「メイプル荘」の門まで歩いて行き、彼が戻ってくるのを待った。

影が長く伸び始めていた。私はそれほど待たなかった。すぐに彼の足音が道路から響いてくるのが聞こえ、夕暮れのなか、彼が姿を現した。

「やあ、ベアードさん！」彼は十ヤード先から声をかけてきた。「もう大丈夫？　僕も、もうちょっとうまくやればよかったな」

彼は私の目の前にやってきて立ち止まった。素晴らしい男性だ。ブロンドの巻き毛から帽子を上げると、私を助けた勲章のような包帯が見えた。

私が郡の刑事の一人が道路を横切ったのに気づくと、向こうも私に気がついて背を向けて離れていった。容疑者は私に任せたということだ。

「とにかく、あなたは勇敢だったわ、フレデリクスさん」私は答えた。「私の命の恩人よ」

「大げさだなあ！」彼は明るく答えた。

「本当よ」私は真面目な顔で主張した。「大事な話があるから、ここで待っていたのよ。十分ほど時間はあるかしら？」

彼はすぐ深刻な顔になった。

「いくらでもどうぞ」彼は言った。「何かわかったのかな？　泥棒を捕まえたとか？」

「今、探しているわ、フレデリクスさん、泥棒だけじゃないけど」

「じゃあダイヤモンドは見つかったのか？」

「ダイヤモンドだけを探しているわけでもないの」

「じゃあ、お嬢さん、何を探しているわけ？」

私は彼を鋭い目で見た。

「私たちが探しているのは」私はゆっくり話した。「ジェームズ・デニーン青年を殺した犯人よ」

彼は驚いた。確かに本当に驚いているように見えた。「何だって?」彼は叫んだ。「まさか君は――。

そういえば、あの背の低いケンプという人は、君が鍵を部屋の中で見つけたと言っていたよ!」

「私たちの業界ではね、フレデリクスさん、特定の人物と話すときには真実の一部を隠す必要があるの」

「じゃあ、一体、誰があいつを殺したんだ?」

核心に迫ってきたが、忘れずに持っている拳銃を、なぜか抜こうとは思わなかった。公道から乗り物が入れないようにしてある大門の、脇の小門によりかかり、両手をそっと彼の腕にのせた。

「それを、今ここであなたに聞きたいのよ」私は言った。

こんな言葉を探偵から――それが女性探偵でも――聞かされて、しかも探偵の手がかけられている状態で、動揺しない犯人なんて、私は見たことがない。しかしフレデリクスはぴくりともしなかった。そのかわり、彼はひどくとまどって私を見つめた。

「でもどうして、僕が知っていると思うんだ?」彼は尋ねた。

その表情を見て、もうこれ以上我慢できなかった。勝負がついて、彼が勝ったのだ。

「あのね」私は言ってしまった。涙がこみ上げてきて、声が詰まった。「わからないの? ねえ、わからないの? あなたは私の命を救ってくれた人だから、だますわけにはいかないわ。疑われているのは、い、い、いあなたなの――あなた、あなた、あなた、あなたなのよ!」

彼はそれを聞いて後ずさったが、それでも静かで紳士的な態度だった。そして顔を手で覆い、何か独り言を言っているのが聞こえた。少しして、彼は再び私のほうを向いて、背筋を伸ばし、恐れず堂々と話した。

「それで、ベアードさん――君は連中の中でいちばん頭が切れそうだけれど――君もその名推理に賛成しているのかな？」

再び私は彼を見つめた。男らしい顔、正直な人柄にうっとりした。結局、私は探偵である前に一人の女性なんだ！　事実は、それだけなら説得力があっても、女性の直感の前では役に立たないことがあるのだ。

「いいえ」私は言った。

「君は――相手によって『真実の一部を隠す』ようなことはしないだろう？」

「私はあなたに警告するためにここに来たのよ？」

それを聞いた彼は、恥じらいで顔を赤くした。

「ごめん」彼は謝った。「それからベアードさん、握手してくれないか。なんだか君とはいい協力関係を築けるような気がしてきた。そしてその関係はめったにない、役に立つもののように思えるんだ」

彼は心をこめて私の手をしっかり握った。しかし感傷に浸ってはいられない。もうぐずぐずしている時間はないのだ。

「そうよ」私は急いで説明した。「そこなのよ。あなたには協力者が必要なの。あなたはそれに気づいていないし、この苦境を乗り越えたいなら、それに気づかなきゃいけないのよ」

「苦境を乗り越えるだって！　苦境なんて言われてもなあ、ベアードさん――僕は無実なんだから」

私はあきれたという身振りをしてみせた。

「ねえ、そんなふうに話してはだめよ！」私は叫んだ。「そんな態度だったら、裁判に負けてしまうわ。無実って言ったって、なんの役にも立たないの。今やるべきことは、誰かほかの人間が有罪だと証明することよ」

「本当に？　僕は新しい商売について勉強しているんだけど、聞いたところだと法律では、有罪だと証明されるまでは誰でも無実であると見なすらしいよ」

「法律の理論上ではそうかもしれないけど、探偵は事実を見るの。少なくとも、あなたはダイヤモンドを盗んでいないし、デニーン青年を殺していないと、みんなを納得させなきゃ」

「ねえ、僕がどうやって窃盗と殺人をしたって思われているんだ？」

「そうそう、それなんだけど、あなたが盗ったと――あっ、忘れてたわ！　まず先に教えておくけど、盗難は二回あったのよ」

「二回？　わけがわからないな」

「最初に本物のダイヤモンドが盗まれて、精巧な模造ダイヤモンドとすり替えられていたのを私たちが発見したの。ところがその第一の盗難をデニーンさんに報告しに一階に降りていたあいだに、模造品も盗まれてしまったのよ」

彼はいきなり身を乗り出した。

「模造ダイヤモンド？」彼は繰り返した。

「ええ。なんでそんなことを聞くの？」

直感的に、私はまた警戒して彼をじっと見つめた。しかし彼は一瞬黙っただけだった。私からの情報で彼は動揺したようだが、すぐに話を続けるように言った。

「なんでって――ええと――とても難しい事件だってわかってきたからね」

「そうよ。つまり、あなたは最初、本物のダイヤモンドと偽物をすり替えた。その後デニーン青年の部屋に呼び出され、盗難を非難された。そしてあなたは彼を殺害し、その後になって、偽物のダイヤモンドがあなたに結びつく証拠になることを恐れて、また戻ってそれらも盗んだと思われているのよ」

「ああ、とにかく僕は、行き当たりばったりなやつだと思われているんだね?」

「犯罪者なんてそんなものよ。あなたは犯罪者だと思われているのを忘れないでよ。次にあなたは屋根を越えて外に脱出して、一階の窓から屋敷に再び侵入した。地下室に行って血がついたシャツとベストを焼いて処分し、また外に出て本物のダイヤモンドを、おそらく模造ダイヤモンドも一緒に、敷地のどこかに隠したと思われているわけ」

「それで、その推理をどうやって証明するんだろう?」

「地方検事を納得させればいいだけ。検事は年俸制じゃなくて、起訴の数でお給料をもらっているのよ。一度動き出したら、あとは一直線なんだから」

「なるほど。でもそうするための証拠はあるのかな?」

「正直に言うと、私の考えでは、今すぐ逮捕できると思う」

彼は唖然として私を見つめた。そして私はと言えば、この捜査に自分が果たした役割をごまかしながら、急いで先を続けた。

「あなたは昨夜――ブレーズデールさんに結婚を迫っているのを聞かれていたのよ。それからあなたにはお金が必要で、ダイヤモンドは簡単に盗めると言っていたことも、聞かれていた。彼女も、もしあなたがお金持ちになったら結婚してもいいと言っているのを、聞かれている。ブレーズデールさんを証人として召喚すればわかることよ」

「なんだって！　彼女を巻き込むつもりか？」

「事件解決のためなら、誰だって何だって巻き込むものなのよ。もちろん、彼女の証言が必要ないと判断したら、そんなことはしないかもしれないけど――」

「彼女がいなくても有罪にできるなら、彼女をそっとしておいてくれるというんだね？」

「ええ、でもそんなことは考えられないわ」

彼は唇を湿した。

「わかった」彼は絞りだすように言った。

「動機については」私は続けた。「今朝ニューヨークのあなたの部屋で見つかった、ジョーダン氏からの手紙、ブレーズデールさんからの手紙で証明できるわ」

「汚いやつらだ！　彼女の手紙を持って行かれたんだな」

私はうなずいた。幸い日が暮れてきたので、私の表情は彼に読み取られることはなかった。

「そして」私は続けた。「犯行の実行については、あなたは第一の盗難事件が起きたときに二階にいたことがわかっている」

「自分の部屋にいた。まっすぐ戻ったんだ」

「でも誰もあなたを見ていない。証明できないわ。そしてあなたは、ニューヘイヴンで去年五月二日に、J・W・ゴットシャルクという人物に、デニーン家のダイヤモンドをモデルにして、模造ダイヤモンド一式を作らせたこともわかっている」

「それは間違いない。ジェームズは僕に芝居で本物の宝石をつけさせようとした。いつも後生大事に宝石を抱え込んでいる父親をからかってやろうと思っていたんだ。でも僕は高価な品物を見せびらかすのが心配になった。だから僕たちは結構な金を払って模造品を作った――ジェームズが支払ったんだ。彼も正気に戻ったからね。いい値段だったのを覚えているよ」

「彼が自分で支払ったの？」

「いいや。彼は僕に金を持って行けと言ってね――父親の耳に入るのが怖かったんだ――僕はすっかかんだし、怒られるのはどうせあいつだから、僕がやった」

「じゃあ、どうやって、今言ったことを証明するつもり？」

長いあいだ沈黙が続いた。そのあいだフレデリクスは考え込んでいた。どうやら彼も事態は深刻だとわかってきたようだ。もちろん彼が本当は何を考えていたかわからないけれど、ようやく口を開いた。

「模造ダイヤモンドについてこれ以上何か言うべきかどうか、今はわからない。先に進もう」

「じゃあ、あなたは本物の宝石を自分の部屋に持って行き、どこかに隠す前に様子を見ていたときに、デニーン青年は盗難とすり替えの報告を受けたと思われているの。彼はあなたが近くにいて、しかも以前そっくりの模造品を持っていたことも知っていた。それで彼はわかった――」

「だけど――」とフレデリクスは言いかけて、やめた。

「だけど、何なの?」私は尋ねた。

「いや、別に。続けて」彼は言った。

「デニーン青年は自分の部屋に戻り、あなたあてに疑いを伝える手紙を書き始めたと考えられている。実は私たちは部屋で、『ローレンスへ――残念だが――』という手紙を見つけたのよ」

「それは」フレデリクスは言った。「君が言おうとしていることは、僕の恥になることなんだ。たぶん君は同僚から聞いているだろう――僕はある重要な投資をするのに一万ドル必要なんだ。くやしいけど、どうやってもその金が工面できなかった。そこで昨夜、最も頼みたくない相手に思い切って言ってみた。彼は、考えてみると言った。ダンスの合間に彼は自分の部屋に戻り、預金通帳を確かめた。結局彼は断ることにしたんだ。金を貸せないことがわかってから僕に言おうとしたけど、直接言いにくいので手紙を書きかけ、でも面と向かって告げることにした。君の仕事熱心な同僚が発見したのは、そのときに書きかけた手紙なんだろう」

彼は話を止め、私の顔をじっと見つめた。

「わかるわ」私は言った。「あなたは真実を言っている。でもあなたへの偏見で凝り固まっている探偵には、単なるできすぎた話にしか聞こえないわよ――それに証拠もないんでしょう」

「話を続けて」フレデリクスは言った。

「デニーン青年はその手紙を書き始めたけれど、あなたの言うように、彼は直接言葉で伝えたほうがいいと思い、あなたを自分の部屋に呼んだと思われているの。そして彼はあなたがダイヤモンドを盗んだと非難した。そこであなたはナイフを手にとって――彼が自分のナイフをいつも書き物机の上に置いていたのはわかっているし、あなたはそれを目の前にして座っていた――いらいらして室内を行ったり来たりするふりをしながら、彼の背後、もしくは脇から近づいて――殺したというわけ」

私はまた話すのを止めた。しかし今回は、彼はいらいらした様子で先を続けるよう手を振った。

「続けて、続けて、ベアードさん！　それについて言うことはない」

「そしてあなたは私がさっき言ったように、模造ダイヤモンドを取りに戻り――」

「ああ、そこを言われると弱いな！」

「それはあなたが被告席にいるか、それとも陪審員席にいるかによるわね。でも私が言ったように、あなたは模造ダイヤモンドを回収して、窓から一階へ移動し、地下室に行ったと思われているのよ。私たちが遺体を発見した直後に、私は二階で、布が燃える臭いに気がついたの。下に降りると台所で物音を立ててしまった。私はマッチを探しにいったん台所から離れ、戻ってみると誰かが地下室から出て行った形跡が残っていた。その人物が殺人犯なのは間違いないわ」

「うん――それが誰でもね」

「これまでの推理から、あなたが血のついたシャツとベストを始末したと考えられる」

「ベストは二枚だけ持ってきたけど、両方とも今でも僕の部屋にあるぞ」

「そう――その――そうみたいね。でもあなたが何枚ベストを持っているかなんて、誰も知らないじゃない？」

「洗濯屋が知っているかもしれない」

「それにニューヨークを出発する前に、新しいのを買ったかも？」

「それはそうだ。誰も証明できない」

「これが最後だけど、いちばん重要な点よ、フレデリクスさん。あなたが宝石を隠しに出かけたと思われるその帰りに、私と出くわしたでしょう。正直言うと、そのときはあなたが犯人だと思っていたわ。あなたの部屋には一時間前から誰もいないことは確実だったし、私はあなたを三十五分間も待っていたのよ。あなたも認める通り、まるで泥棒みたいに屋敷に入ろうとするところを捕まえようとしていたの。あなたは十五分しか外出していないと言ったわよね。これで事件は解決だわ」

私は少し息を入れ、最後の不利な点について彼がどう弁明するかを待った。

しかし何も返ってこなかった。彼は胸を張り、口を固く結び——どんどん深くなっていく闇の中で、よく見えなかったけど、多分そうだろうと思った——しかし何も答えなかった。

「どうやって」私は食い下がった。「弁解するのかしら?」

「何も」彼は言った。「その点については、何も言いたくない」

「でも、フレデリクスさん」私は訴えた。「それがいちばん重要な点じゃない! もしあなたが血のついた洋服を燃やしたりダイヤモンドを隠していたと思われている時間に、どこにいたかを説明できたら、泥棒でも殺人犯でもなくなるのよ。でももし答えられなかったら、あなたは負けよ。あなたの今の弁解じゃ、法廷では何の役にも立たないわ!」

「仕方ないね——僕の決心は揺るがない」

彼は静かにはっきりと断言した。自分の置かれている状態の深刻さもかまわない様子に、私はかっとなってしまった。

「弁解しなきゃだめよ！」私は叫んだ。「絶対やらなきゃいけないのよ！」

彼は優しくそっと私の手をとった。

「ありがとう、ベアードさん」彼は何やら不気味な、断固たる調子で言った。「でも僕だってよくわかっているよ。僕のことをもっと知ってもらえたら――いつか、もっとお互いに理解しあえるといいんだけど――僕がいったんこうと決めたら、心変わりはしないってわかってくれるはずだ。僕は絞首刑にされるかもしれない。確かに、今、聞いたように確実に立証できるなら、きっとそうなるだろう。でも事件について、僕に話をさせようとするのは無理だよ。君の親切には感謝してもしきれない――君の親切だけでなく、その友情にも」

彼は私の手を離し、私は答えた。

「私はあなたにはもっと感謝してもらうわ。だってあなたがどう考えようと、絶対に無罪にしてみせるんだから」

彼は笑った。

「そうだといいね」彼は答えた。「でもそれは僕が望むことじゃないし、もしそうなったら、明かしたくないことまで公になってしまうんだ。本当にありがとう、ベアードさん。どうやらケンプ君がやってきたようだよ。僕に重要な話があるんじゃないかな。今、お別れを言ったほうがいいみたいだ。夕食の席では会えないと思うから」

第十六章　私、辞めます

正直な様子以外説得力もなく、ハンサムな顔以外助けになるところもなく、しかも事件に対して説明もなく、圧倒的に不利な証拠を前にして沈黙するだけなのに、なぜ、フレデリクスを信じたのか、聞かないでほしい。もし聞かれたって、わからないとしか答えられない。私は彼に恋をしていること、それに事実はみな彼が犯人だと示していても、彼は絶対に殺人犯ではないことだけはわかっていた。だから、彼が最も不利な証拠に何の抗弁をしなくても、私は前に向かって突っ走っていったのだ。私は勝手に彼の擁護者になっていた。

でも文字通り、私の第一歩は後ろ向きだった——つまり屋敷に戻ったのだ。

フレデリクスが言ったように、ケンプが遊歩道をこちらにきていて、たった十ヤード先にいた。

「あいつは変わりないか？」ケンプはすれ違いざまささやいた。「何か新しい発見は？」

彼を喜ばせるように首を振ってそのまま歩いて行くと、馬丁に出会った。

「ねえ、この手紙をすぐに町まで持って行って、夜間割引料金で送ってちょうだい」私は言った。

私が書いた内容は、以下の通りだ。

ニューヨーク　ワトキンス探偵事務所　ワトキンス様
夜空は晴れていますが、朝になる前には雨が降るでしょう。おわかりの通り、バンドは『舞踏会のあとで』を演奏しています。それでも、私は楽しんでいます。

十二号

一見、まるで私がおかしくなったように思えるかもしれない。しかしこれは所長あての暗号文で――彼はもう私の上司ではないという意味なのだ。解読するとこうなる。

この手紙を受け取ったときには、おそらくケンプから、私が彼を裏切ったという別の手紙が届いていることと存じます。つまり、この事件で彼と意見が大きく対立してしまったのです。彼は仕事の先輩であるため、私が事務所を辞職いたします。私の考える方針で捜査をして真犯人を逮捕した際には、ニューヨークに戻り、お金は返却いたします。

フランシス・ベアード

ケンプがどうするかはよくわかっていた。経済的にいつ行き詰まるかわからないけど、私は探偵としての成功を取ったのだ。
ところが、すぐにわかったのだけれど、私はケンプの行動をすっかり見誤っていた。彼もフレデリクスも夕食に姿を見せず、ほかの人々はずっと自分の部屋に閉じこもっていた――夫妻は言うまでもなく、生き残ったほうの息子は酔っ払っていた――私は疲れきりお腹がぺこぺこだったので、孤独にそして旺盛に食事をした。満腹になって、ちょっとポーチに出てみると、すばしこい猫のような足音がして、かつての同僚ケンプが姿を現した。

かなり暗くなっていたので彼の顔は見えなかった。しかし私があわてて座った椅子の前に立ち止まった彼は、とても悲しげな様子だった。

「あら！」私は言った。「食事はしたの？」

「いいや」彼は答えた。「何も食べたくないんだ」

「あら、とってもおいしかったのに、もったいない」

「仕方がない。実は大切な話があるんだ」

「何？」私はわくわくした。

「ベアードさん」彼は続けた――あら、これって熱烈に結婚を申し込むときの口調じゃないの！――「昨夜君に言おうとしたことがあったんだけど、いろんなことが起きて――その――悲劇がじゃまをしてしまった。どうやって君が所長と話をつけたのかわからないけれど、今度はもっと深刻な事態になってしまったんだ。だからワトキンス所長に報告をする前に、聞きたいことがある」

「別にいいわよ。私にできることだったら、いくらでも協力するわ」

「なんだか君は、聞いてくる人みんなに、そう答えそうだね」

「私はいつもそうだもの」私は控えめに答えた。「できるだけ親切にしているのよ」

「じゃあ、僕が知りたいのはね、僕と結婚するか、しないかってことなんだけど」

「まあ、ケンプさん」私は考えながら答えた。「そこまで親切にしろといわれても、やり方がわからないわ」

「おい、ふざけるなよ！　よく考えて。僕と結婚すれば生活の心配はなくなるんだよ。それとも断って路頭に迷うつもり？」

　彼はにらみつけてきた！　顔は見えなかったが、このおチビさんがにらんでいるのはわかった！

「結婚するつもりはありません」私は言い返した。「あなたに私の生活の心配をされるいわれはないわよ」

　すると彼は怒り出した。

「わかったよ！」彼は声を上げた。「君だったんだな！　僕はフレデリクスと話をして、僕たちが誰を容疑者だと考えているか、あいつに教えたやつがいるってわかったんだよ。追及しても白状しなかったけど――」

「本当に？」

「ああ、『本当』だ。でも誰かが秘密をもらしたことはよくわかった。さて、問題は、それが誰かってことじゃないか？」

「あなた以外に『私たち』が誰を疑っているのか知っているのは、私しかいないんだから、私なのかもしれないわね？」

「君だろう！」

「ええ、そうよ」

「何だって！　何だって！　何だって！　どのつらさげて、そんなことが言えるんだ？」

「このつらよ」

「なんでそんなことを？」

「だって、ケンプさん、あなたは間違った人を疑っているからよ」

「ええっ、この僕が間違っているって？　一体いつ君の考えはそんなに変わったんだ？」

「変わってしまったのよ――ってことだけで十分でしょ」

　この愛すべきおチビさんは脅迫してきた。ああ、とっても楽しい！

「おい、十分でしょ、で済まさないぞ。君は僕たちの事情を暴露してしまったんだ――それが僕たちの事務所で何を意味するか、知ってるだろう」

「つまり、悪質な違反行為を行った従業員は免職になるということかしら」

「その通りだ」

「でもね、ケンプさん、私には関係ないの」

「なんだって？　もう所長に報告する電報の文章も決めてあるんだけどな」

「ぜひとも送ってちょうだい――あなたの上司に。もう私の上司じゃないもの」

「上司じゃない？　いつから？」

「一時間半前からよ。私は〈ワトキンス探偵事務所〉を辞めたところなの」

　ケンプはまいったようだ。彼はやっきになって罵ったが、結局一日のつらい仕事を終えた後のごほうびに、私を全力で楽しませてくれただけだった。そして彼はこう締めくくった。

「もういいよ。よくわかった。つまり君は愚かにも、あいつを愛してしまったってわけだ。こんなことになるだろうと思っていたよ。いいか、二つ教えてあげよう。まず、君は結局僕を出しぬけないよ。だって、レアード刑事から、君があいつと門のところで何か話していたと聞いて、怪しいと思っていたんだ。そこで町に行って十五分前に逮捕状を出してもらった。それから、あいつを犯人だと決めつけた君がどんな捜査をしたか、あいつに教えてやるよ。きっと君がやったことに怒り狂うだろうね。じゃあ、おやすみ」

ああ、ケンプは卑怯な手を使う。彼には秘密にしていたのに。私は怖くなった。ケンプは周到に準備して――それは認めてあげよう――手際よく逮捕を急ぎ、私はのっぴきならない状況にうまく追い込まれ、恐怖を覚えた。しかしそれ以上に怖いのは、この事件でフレデリクスを追いつめるために、私がどれだけ活躍したかを知られてしまうかもしれないこと、そして、それを告白しなければならなくなること――世間に対してではなく、彼本人に――彼が逮捕されるのは、私が彼の私生活を探り、私が彼の恋人との会話を盗み聞きして、私が恋人からの手紙を盗んだからだって！

私はどうすればいいのだろう？〈ワトキンス探偵事務所〉は辞めてしまった。捜査に関係のある団体に雇われているわけでもない。私は収入もなく、将来の展望もなく、事件に関わる資格もないのだ。

私は自分の時計を見た。午後十時だ。とりあえずあと数時間は心配しなくてもいいだろう。だってこの何時間かは、何もできないんだから。ケンプでさえ、このあいだは何もしないでいるだろうし――私だって思う通りにことが運んでいたら、何もしないでいただろう。だから私は決心した。もし私が事務所を辞めずにいて、愛する男性を逮捕に追い込む原因になっていなかったら、当然やっていたと思われる賢明な行動をとることにした。つまり私は寝るのだ。

私はベッドに入り、こう言うのも変だろうけど、寝た。あっという間に寝入り、朝八時までぐっすり眠っていた。メイドがドアをノックして、私の寝ぼけ声の受け答えに応じて、ロールパンとコーヒーを持って中に入ってきた。

その瞬間、私の頭の中ではっきりした行動計画が、あっという間にできあがった。

「もうデニーンさんのお部屋には行ったの？」私は尋ねた。

彼女はもう行ったと答えた。

「具合はどうだったかしら？」

「旦那様はかなりよくなりました、お嬢様。もちろん、まだひどくお悲しみですが、それでもかなり元気におなりです！」

これで決まった。私は服を着て、すぐにデニーン氏に会いにいった。

彼は実際「まだひどくお悲しみ」だった。前日に興奮していたときと比べると、彼はさらに老け込んだように、私の目には映った。すっかり落ち込んだ彼はしわが増え——ひからびて体も冷たくなったように見えた。しかし彼の瞳は、変わらず視線はさまよっていたけれど、鋭いというより澄んでいて、彼は厳しい試練のもと、一息ついているのではないかと思った。

「おはよう」彼は奇妙な罠のような形の口に不似合いな笑みを浮かべながら言った。「ガッドン」彼は、ベッド脇にいた元気のない小柄な医師に向かって言った。「ちょっと席を外してくれ。ベアードさんと話がある」

医者は命令にしたがって、患者と私の二人きりにしてくれた。

「さて」彼は言った。「何か進展は?」

「その件で」私は言った。「ご報告したいことがあるんです。昨日私が真実を告げるまで、ケンプはこの事件は自殺だと考えていました。現在彼は、フレデリクスさんが息子さんを殺したと考えています。ジェームズさんが、フレデリクスさんを窃盗犯だと非難したからです。私の意見は彼とは違います。二人の推理をすり合わせることはできませんでした。だから私は〈ワトキンス探偵事務所〉を辞職しました。殺人の証拠を見つけたのは私だということを、思い出してください——私が気づかなければ、この事件が殺人だと誰も気づかなかったでしょう——そこでうかがいたいのですが、私一人でもこの事件の捜査をまだ希望されるでしょうか」

老人は鋭い瞳で私をじっと観察した。彼がどんな結論に達するか私にはわからないが、彼の視線に耐えていた。そしてようやく彼は言った。

「よかろう」

優に二分はかかっていた。私のほうからお礼を言うべきか、それとも黙っていたほうがいいのか、わからなかった。しかし私はいつも、もし言うべきか言わざるべきか迷ったときは、黙っていたほうがいいとわかっていたので、静かにしていた。そして彼は先を続けた。

「ああ、あんたには残ってもらいたい。こんな事件にはいろいろな考えがあったほうがいいはずだ。もしケンプ君がどうしてあんたがここにいるのか聞いてきても、別に言う必要はない。こちらも何も言わん。さて、あんたの推理はケンプ君とは違うと言っていたな。では、あんたの推理とはどんなものなんだ？」

これには困った。私はごまかすことにした。

「デニーンさん」私は言った。「私たちは、名誉に傷がつかないと思えるまで、自分の推理は口にしないことにしているのです。ケンプは性急なんでしょうね。私は、確実性を求めます。しかし、報告できることがあればすぐ、ご報告に上がります。今のところ、私は、フレデリクスさんは有罪でないと信じているとしか言えません」

彼は私の言うことに面食らったようだった。もちろん今日会ったときからずっと私はこんな態度でいたし、しかも私に捜査を続けて依頼してくれたが、それでも私の最後の発言は気に入らない様子だった。

「ふむ」彼はうなった。「あんたとわしのあいだではな、ベアードさん、食い違いがあるようだ。ではこうしようじゃないか。わしはケンプ君にもこの事件の捜査を続けさせる。言ったように、一人よりも二人の頭脳があったほうがいいからな。彼にもこのことはわしから言っておく。だからあんたはここで独自に捜査をしたまえ。わかったか？　あんたたち二人にはそれぞれ捜査をしてもらって、わしに結果を報告してもらいたい。わしは長年、金のことしか頭にないと言われてきたが、費用をおしんで、息子を殺した犯人が捕まらなかったと思われたくないからな。犯人が誰だって、そいつらを逮捕するために最後の一ドルまで使ったってかまわないってことを、わかってもらいたい。何しろ――その――それは本当のことだからな？」

彼は私を再びじっと見た。私はまたとまどった。

「それはそうです、もちろんです、デニーンさん」私は言った。

「あんたをこのまま雇っていたら、わかってもらえるだろうかね？」

「もちろん――ええ、もちろんですとも！」

「ふむ、よろしい。もう行って捜査を始めてくれ」

第十七章　鉄格子の中で

私は自室に戻るとすぐ、呼び鈴を鳴らして召使いを呼んだ。

「昨夜どこにフレデリクスさんが連れて行かれたか、知らない？」私は尋ねた。

召使いがこんなゴシップを知らないわけがないと私はにらんだのだが、まさにその通りだった。

「ブラック・スプリングスの留置所に入れられました、お嬢様」彼女は答えた。「トンプソン様とレアード様が、あの方を逮捕してすぐ、昨日の夜に連れていかれました」

「ありがとう。馬車《ドッグカート》を今すぐ用意してちょうだい」

「はい、お嬢様。御者にトーマスをつけますか？」

「いいえ、けっこうよ。自分で操れるから」

そして私は出発した。ブラック・スプリングスを馬車で突っ切り、みすぼらしい町の留置所の前で停止した。

太っていばりちらす看守が、私を中に入れようとしなかったので、まずはお世辞を言い、そしてニューヨークの探偵としての地位をふりかざそうとした。彼はその合わせ技を試すまでもなく降参し、鉄格子の扉の一つを開けて、一人で中に入れてくれた。

忌まわしい狭苦しい部屋には、椅子一脚と簡易ベッド、そして小さなテーブルと、漆喰《しっくい》も塗られていない壁のはるか高いところに、鉄格子入りの窓が一つあった。

フレデリクスは驚いて簡易ベッドから飛び起きて、私に椅子をすすめた。彼は清潔な衣服やひげそりは許されているのが、薄暗い中でも見て取れた。最悪の夜を過ごしたようだが、私の前では感情を隠して明るく振る舞おうとしていた。

「これはこれは、ベアードさん」彼は口を開いた。「来てくれてありがとう。本当に残念ながらおもてなしをすることができないんです。申しわけありません」

私には彼の言葉を笑って受け止める余裕がなかった。

「お願い」私は言った。「冗談を言っているひまはないの。今すぐ教えてもらいたいことがいくつかあるのよ」

「昨夜話した範囲内なら、なんでも喜んで答えるよ、ベアードさん。でもそれ以外のことは絶対に話さないよ」

彼はそう言って、口元を引き締めるのが見えた。

「そのことについては、後でね」私は答えた。「とりあえず、あなたの雇った弁護士は誰?」

「実を言うと、ケンプ君にいろいろ尋問されたから――彼っておもしろい人だよね――早朝まで弁護士のことなんて考えもしなかったよ」

「でも、弁護士は雇ったんでしょう!」

「わかってるよ。でも最初はあまりにばかばかしくて、ふて寝をしていたんだ。でも寝るのにも飽きたから、結局近くの知り合いに頼んで来てもらったよ。とても頭のいいやつだ。でも彼にも一つだけ欠点があってね。彼は君より好奇心が旺盛なんだよなあ、ベアードさん。おっと失礼」

私は驚いた。

「まさかあの馬鹿げた秘密を、弁護士にも話していないの？」

「馬鹿げていたら、秘密にしないさ。信じてほしい。でも馬鹿げていないから、殺人事件直後に部屋を出てから、その――帰ったときに君と出くわすまでどこにいたか、弁護士の質問に答えなかった。君が考えているような理由では、弁護士なんていらないんだ。だからいくつかのことは話していない」

彼の話し方に――非難でも疑念でもなく、むしろ理解の助けになった――私がとても心配になるところがあった。

「フレデリクスさん」私は言った。「この事件でどうして私がこんなことをするのか、わかってほしいの。私はここに探偵として派遣された――私が探偵ってことは知っているだろうけど――宝石の監視役としてね。でも私の目と鼻の先で、盗まれてしまった。私は探偵として考え行動するよう訓練を受けているわ。それに、私の生活は盗まれた宝石を取り戻せるかどうかにかかっているのよ――そしてあなたのような人に会ったのは初めてだった。あなたがブレーズデールさんと話していたのを盗み聞きしたのはこの私です――最初はそのつもりはなかったの。盗み聞きをしたのは、私の仕事のうちだったけれど、裏切り行為のように思われても仕方がないわ。それから、『贈り物の部屋』に入って行く足音は、あなたのものだと思った。そしてあなたは部屋にいなかったし、どうやって出て行ったのかもわかった。あなたが帰ってきて私と会ったとき、あなたは留守にしていた理由で嘘をついた――」

しかし彼は手を上げて穏やかに話を止めさせた。

「ねえ、君」彼は言った。「君が僕を犯人だと思うのは当然だ。そのことで責めるつもりはないよ。自分の誠実さをほめすぎかもしれないけど、ただ僕と何も秘密を持たず対等に向き合ってくれたら、不利な証拠が山積みでも、きっと僕を無実だと考え直してくれるんじゃないかな」

「ああ、そうよ！　そうなのよ！」私は叫んだ。「あなたの無実を信じているわ――今では。だから、こんなまねをしているのよ。もうわかったでしょう？　あなたを犯人に仕立て上げたのは、この私なんです！　でも――でも結局――あなたは――ああ、わかるかしら――そのときはあなたのことを知らなかったから！」

もし彼が私の命を助けてくれていなかったら、打ち明けることはなかっただろう。独房の粗末なテーブルの上に突っ伏している私の頭に、彼はやさしく触れた。

「君だったんだね」私の告白の続きをかわりに言ってくれた。「僕の部屋に行って――その――家捜しをしたのは。実は、今まで気づかなかった。でも君は義務を果たしたにすぎないんだよ、ベアードさん。結局、君は新しい事実を発見できなかった。だから笑って済ませよう」

彼は本当にそう考えていると思い知らされた。だから私はこれ以上何も告白できなかった。

しかしそうは言っても、この状況は不利だった。私がやったことが明らかになったことは、彼にとってよかっただろう。しかし私の捜査の結果彼が苦境に陥ってしまったということを、彼はもっと真剣に考えるべきなのだ。

その点を私は彼に力説した。私はまるで州検事のように、裁判で彼は不利だということを論じ、私の使えるいちばん激しい言葉で、もし彼が殺人事件直後どこにいたかを詳しく説明できれば無罪になるが、反対にもし彼が沈黙していたら、必ず絞首刑になるだろうと説いた。彼に懇願までした――私が失うものは、神様しか知らない――彼の愛している女性のために話してくれるように。私は女の最後の切り札である涙まで繰り出した。

しかしすべて無駄だった。彼は意志が強いなんてものじゃない。頑固一徹だった――頑固一徹の男性には、女性といえどもお手上げなのだ。

結局私はあきらめた――最初からそうなることはわかっていたのかもしれない――そして彼の担当弁護士の住所氏名だけは教えてもらい、帰り支度を始めた。

「でもね」私は言った。「あなたが無実だってわかっているから」

彼は声を上げて笑った。

「うれしいな」彼は言った。「だって証拠がそろいすぎているから、僕も実は自分が犯人なんじゃないかと、心配になってきたところなんだ」

「それに」私は続けた。「あなたがどう言おうが、私はあなたを無罪にするわ」

彼は悲しい秘密があらわになりそうになると見せる、深刻な表情になった。

「君は僕によくしてくれるけどね、ベアードさん」彼は言った。「いいかい、この事件で僕が触れてほしくないことを暴いても、残念な結果にしかならないんだよ」

「そんなこと言われても」

「でも僕だけが、知っていることをどうすべきか判断できるんだ。だって黙っていて苦しむのは僕だけなんだから」

「そんなこと言われても」私は半分腹を立てながら繰り返し——独房の扉を閉めた。

そして私は弁護士を探し出した。イノック・グレイという聡明な青年で、黒い巻き毛、鷲鼻、そしてきれいで鋭い青い目をしていた。事務所は留置所からたった一ブロックしか離れていなかった。

「本当ですか、ベアードさん」私が彼に、私の身分と知っていることすべてを話すと、彼は言った。

「残念ながら私の依頼人は、あなたに対するのと同じように、私にもまったく話してくれないのですよ」

「では、私たちはこれからどうしたらいいんでしょう?」

「見当もつきません。私の見るところでは、この事件そのものが、フレデリクス氏が明かそうとしない事実、その一点にかかっていると言ってもいいでしょう」

「じゃあ、どうするんですか?」

「時間かせぎに、とりあえずは、フレデリクス氏はこの近辺で生まれ育ったので、地元でもよく顔が知られていることを頼みにしています。ここの誰もが、彼が疑いをかけられている一連の罪を犯したなんて、思い込んだりはしないでしょう」

「それで検視審問はいつ開かれますか?」

「まずいことに今日の午後です。ああ、こんなに時間がなくては、何も打つ手がありません! フレデリクス氏が気持ちを変えるか、真犯人が逮捕されないかぎり、この事件は陪審裁判になるでしょう。そんなことになったら——」

彼はそこまで話してやめた。

私は彼を真正面から見つめた。

「そんなことになったら？」私は問いただした。

「まあ、その」彼は口ごもりながら、「こちらとしてはとりあえず『合理的な疑い』〔「疑わしきは被告人の利益に」という刑事裁判の原則から、有罪が十分証明されていないと申し立てること〕があると主張するしかないでしょうね」

「合理的な疑い」だって！　こんなに絶望的な状況なのに、そんなことができるだろうか？　私は前にも言ったように、殺人事件の捜査は経験したことがないけれど、長いあいだの見聞のおかげで、弁護士が「合理的な疑い」に頼るときは、自分の依頼人が不利だと考えているのだということは、よく知っていた。

私は立ち上がった。

「では、グレイ先生」私は言った――自分でも腹を立てて顔が紅潮しているのがわかった――「先生もほかの人たちと同じように、フレデリクスさんが有罪だと思っていらっしゃるんですね。でもそれは間違いです、私はわ、か、っ、て、い、ま、す」

そして私は出て行った――危うく玄関先で郡の刑事に衝突するところだった。彼から、私は午後に開かれる検視審問に証人として召喚されていると知らされた。

第十八章　検視審問

傍目《はため》からは、単なる自殺と窃盗事件にしか見えなくても、デニーン家の事件の一報が電信でニューヨークに伝わると、予想していた通りかなり話題になった。そしてさらに、ローレンス・フレデリクスが殺人罪で逮捕、起訴されたと報道されると、世間の興味はさらにかき立てられた。当時はイエロー・ジャーナリズムの黎明期《れいめいき》、華やかなりし時代で、朝刊の紙面はこの事件でいっぱいだった。この報道は海外にまで及んでいて、捜査当局はこの事件の解決に確固たる自信を持っており、検視審問はすぐに開かれると伝えられ、傍聴をしようと多くの人々が、田舎から町へやってきていた。

ずんぐりした小男の検視官はウォッシュバーンといい、意志の弱そうな顔つきと、もったいぶった態度をしていて、郡庁のある町から審問を開くために派遣されてきていた。それからフォックステリアそっくりな地方検事も一緒にいた。審問は、表向きは「国家国民のため」だったけれど、実際は警察のお膳立てに乗って進行するだけだ。今まで手がけた事件と比べものにならない重要な事件だと気負っていて、自分の名前を挙げるために貪欲な様子のこの二人の役人は、審問が開かれる法廷を、町役場の議場に定めた。

指定された時刻に、私はそちらへ向かった。止めぐつわに結んである農民の馬車のそばを通り過ぎ、半ダースもの新聞記者のカメラの攻撃を走り抜け、二階へ上がっていった。二人の地元警察官が入り口に立っていたが、ほかの二人と一緒に私を中に入れてくれ、そして部屋の半分ほどを占めている、取り合いになっているベンチの列の中から、私の席を確保してくれた。

私の周り全員が、好奇心丸出しの田舎の人々だった。前の方の手すりの向こう側は市議会議員の席があり――今は一ダースを超える新聞記者が占拠していた――そしてさらにその向こうの小さな演台に、検視官が座っていた。

その紳士が自ら開会を宣言した。彼は、優秀な刑事諸君の努力のおかげで数々の証拠が提供されたこと、さらに高名なニューヨークの私立探偵アンブローズ・ケンプ氏の多大な協力により、被害者が亡くなってから時間をおかずに検視審問が開かれたことを感謝した。さらにまた、前述の紳士諸君のおかげで、審問はつつがなく行われるであろうと述べた。

「これは諸君の義務であります」このダニエル様〔『旧約聖書』に登場する預言者であり名裁判官の代名詞〕は、手すりの内側の、興味津々の新聞記者たちのそばに座っている陪審員団に告げた。「諸君は証言を聞き、それからどうやってジェームズ・J・デニーン・ジュニアが死にいたったかを、決定するのであります」

ここで少し間があいた。いかにもそれらしいカーという名前の地方検事は、すぐ隣の、検視官の真下に座っていたケンプに何かをささやいた。そしてこの二人はそっと前に進み出て、ウォッシュバーン検視官と頭を寄せ集めていた。

彼らが話をしているあいだ、私は首を伸ばしてあたりを見回し、手すりに囲まれた場所の反対側にグレイ弁護士がいるのを見つけた。そして隣にはフレデリクスがいた。その整った顔は冷静で厳しく、ただ少しだけばかにしたような色が浮かんでいた。どう考えたって彼にはまったく勝ち目がないのだから、そんな表情になってもしかたがないだろう。

鳩首《きゅうしゅ》会議が終了して、再びウォッシュバーン検視官が甲高い声を上げた。

「協議の結果、死んだ青年の悲しみに暮れる遺族の証言は不要と判断いたしました。よって人物同定と死因の解明と、先ほど名前を挙げた捜査官の証言に限るものといたします——さらに加えて数人の証言を求めるかもしれません。ニース博士、証言をお願いします」

ニース博士の名が呼ばれ、宣誓をした。

彼は検視官付きの医師で、どうやら検視解剖をしたようだ。彼は遺体の身元を確認するよう命じられ——彼はデニーン青年とは以前から知り合いだった——そして創傷について説明をした。カー検事も質問をして、被害者は確かにジェームズ・J・デニーン・ジュニアで、傷は喉をほぼ貫通していたという驚くべき証言を引き出した。両方の頸静《けい》脈および頸動脈が切断されていた。そして気管と迷走神経も同様だった。そのため事実上即死だった。

「切創は詳しくお調べになりましたか、先生?」

医師は入念に切創を調べていた。

「それで先生の所見では、自傷の可能性はあるでしょうか?」

まったくその可能性はないと医師は考えていた。そして、十分に調べられるまで青年は自殺ということにしておこう、という私とケンプの以前の計画は、通用しないとわかった。

「アンブローズ・ケンプ君！」

ちょこまかしたおチビさんが、検視官の隣にある証言席へと躍り出て、芝居がかったわざとらしい宣誓をした。

「君は私立探偵ですね、ケンプ君？」地方検事は質問した。

ケンプは職業についてまだ何も発言していなかったが、おそらく事前に打ち合わせをしていたらしく、次のように返答した。

「はい、そうです」

「所属はどちらですか？」

「ニューヨーク市ボールトン街三十二番地の〈ワトキンス探偵事務所〉の所属です」

「いつどのようにして、ブラック・スプリングスに呼ばれたのか、説明してください」

ケンプは言われた通りにした。さらに彼は、失敗に終わった私たちの宝石監視計画も説明し、私が監視する順番になるまでは、その計画がうまくいっていたことまで言った。この事実から、盗難が起きたのは彼がいないときだったと、強調したのは言うまでもない。

「『贈り物の部屋』には何時に戻ったのですか、ケンプ君？」

「午前二時四十五分です」

「間違いありませんか？」

「はい、同僚のベアードさんと交代する約束の時間だったので間違いないです。私は常に、時間に正確であるよう注意しています」

「ベアードさんはどこにいましたか？」

「『贈り物の部屋』でした。宝石が置いてあったテーブルの前に立っていました」

「そして何を発見しましたか？」

「本物のダイヤモンドが偽物とすり替えられていました――精巧にできた模造品です」

「その後はどうしましたか？」

「私たちはどうしたらいいか話し合いました――私は犯人はパーティ参加者の一人にちがいないと思いました。話し合ったのは十分ほど――間違いなく十二分は超えていません。そのとき、ジェームズ・J・デニーン・ジュニアが部屋に入ってきました」

「彼は何と言いましたか？」

「彼は、まず父親に報告しなければと言いました。そして自分の部屋で重要な用事があると言いました。のちに彼をその部屋で発見することになったのです」

「彼はどんな様子でしたか？」

「実は、それほど驚いていない様子でした」

「それから彼は何をしましたか？」

「出て行きました。部屋の外で話した時間は二分くらいです。その後、私たちはまっすぐ下に降りて、デニーン氏に報告しました。その頃には客はみな帰って老紳士は一人きりでした。そして私たちとデニーン氏は階段を上がり――」

「それはデニーン老人のことですね？」

「はい、そうです。父親のほうです――先ほど申し上げた通り、息子のジェームズ氏はもう自分の部屋にいました。そのとき、行きがけに時計を見ましたが、ちょうど午前三時五分過ぎでした」

「つまり、五分間ほど『贈り物の部屋』には誰もいなかったということですね？」

「はい、そうです」

「その後、『贈り物の部屋』で何を発見しましたか？」

「模造品の宝石も、なくなっていました」

「もちろん、デニーン氏とその件について話し合いましたよね？」

「その通りです、五分ほどでしたが。そして私は息子のデニーン青年と彼の弟、あとフレデリクス氏を呼びに行きました。ベアードさんはデニーン夫人のところに行きました。私は最初に行ったジェームズ・ジュニアの部屋に入れませんでした。そこでベアードさんの助けを借りました――彼女を低い声で呼んだので、誰にも聞こえていないはずです。彼女はやってきました。部屋の中の明かりはついているのですが、中に入れないのです。そこでさらに五分間無駄にした後――つまり私が『贈り物の部屋』をデニーン氏に任せて離れてから五分間という意味ですが――結局ドアを破りました」

「午前三時十四分頃になりますね？」

「ちょうどその頃です」

「そして部屋の中で何を見たのですか？」

　そして彼はぞっとするような細かい点まで余すところなく語った。そして自分の手柄となりそうなことは、一つも言い忘れることがなかった。

誰もが彼に集中していたが、私の視線はフレデリクスに向かい、彼が途方に暮れた顔を神経質な手でなでているのを見ていた。

「では」地方検事は追及した。「死体の手には何がありましたか？」

「大きな折りたたみナイフです」

「指でしっかり握りしめていましたか？」

「いいえ」

「それでは、デニーン青年以外の誰かが手に置いたように見えたというわけですか？」

しかしここでグレイ弁護士は立ち上がり、鋭い眼を光らせた。

「検視官殿」彼は言った。「私はここに、不幸にも不当にこの事件に関連して逮捕されたローレンス・フレデリクス氏の弁護士として来ております。我々も、地方検事と同様、真実を明らかにしたいと切望しておりますが、私の依頼人に疑惑を向ける以外の何物でもない不当な質問には抗議いたします」

「どういうことでしょうか？」カー検事は厳しい声で言った。

「つまり検死官殿の質問にこの証人は自分の意見しか答えられません。しかもそれは素人の意見にしかすぎません。ナイフが『誰かが手に置いたように見える』かどうか、彼に判断する能力があるというのですか？」

気まずい沈黙が漂った。検視官はどうしていいかわからず、地方検事は怒り心頭で何もできなかった。

しかしようやくケンプが助け船を出した。

「刃は遺体とは逆の方向に向いていました」彼は説明した。

「質問されるまで待ちたまえ！」グレイ弁護士は一喝した。

「つまり」ケンプは早口で言った。「もし彼が自分で自分を切ったのなら、そんな風にナイフを持つはずはありません」

その通りだ。私もそう考えていた。しかしそれは廊下で鍵を発見した後だし、ケンプがそんなことを考えていたとは思えない。誰かに吹き込まれたんだろう。とにかく、答えが得られた以上、グレイ弁護士は異例の進行に不満を述べながらも席に戻るしかなかった。一方カー検事は勝ち誇りながら尋問に戻った。その結果、証人は死体がある部屋に十分間いて、フレデリクス氏の部屋に行ったのは午前三時二十五分だということが明らかにされた。

室内の状態、そして特にその部屋の主が普通でない方法で外に出て行ったということが重要視された。グレイ弁護士は大いに抗議をしたが、ウォッシュバーン検視官は元気を取り戻し、断固として地方検事を支持した。次に例の鍵の件が取り上げられた（「私、私たちは廊下で発見しました」と、ケンプは言った！）。そして次に地方検事が大きな黒ずんだ、刃が開いたままの大型折りたたみナイフを掲げると、証人は、被害者の手にあったものだと同定した。

「これで終わりです」カー検事は言い、探偵は先ほどまで座っていた検視官側席に戻った。「メアリー・オキーフ、証人席へ！」

彼女はメイドで、このナイフはデニーン青年の持ち物であり、いつも書き物机に置いてあったと証言しただけだった。

再びケンプ、ウォッシュバーン検視官、そしてカー検事が協議し、その結果私の名前が呼ばれた。

私はびくびくしつつ、笑顔で証人席に行った。そして試練が始まった。

まず挑んできたのはカー検事だった。手に持ったノートに何度も目をやっていた。私にはそこに何が書いてあるかすぐにわかった。時々彼は質問を止めて、ケンプに対し指示をあおいでいた。

「ベアードさん、あなたの職業はなんですか?」

「私立探偵です」

「あなたは、ケンプ氏と同様に、同時期にデニーン氏に雇われましたか?」

「そうです」

「彼の証言を聞きましたか?」

「はい」

「間違いありませんでしたか?」

「事実についてでしたら、その通りです」

「あなた一人だけで宝石の見張りをしていた時間と、ケンプ氏が戻り、あなたが盗難にあったと報告する直前までに、何が起きたか説明していただきたい」

私はちらりとフレデリクスを見たが、彼は手で顔を覆っていた。もし私が非協力的な証人だと思われたら、この事件に偏見を抱かれるだけだろう。だから結局、私はうわべは積極的に答えた。私が証言し終えると、カー検事は再びケンプとささやきあい、そしてこう続けた。

「隣接するバルコニーで二人の人間が話をしているのが聞こえたそうですが、それは誰だったのですか?」

「わかりません」

カー検事は驚いたようだ。ケンプはせせら笑った。

「わからない？　どうして？」

「二人を見たわけではないですし、まだあの家に行ったばかりでしたから、誰の声なのかよくわかりませんでした」

それは完璧に真実だったのは、間違いない。心の中で何を信じているかということと、法的に確かかどうかということは、別問題だ。これは多くの同僚探偵たちから、よく聞かされていたことだ。

さらに質問は続いた。こんな感じだ。

「そのときから、会話をしていた二人のうち、どちらかの声を聞いたことはありますか？」ケンプはカー検事の口を通して聞いてきた。

「よくわからないので、証言できません」

カー検事は怒り出した――そして彼はこう脅した。

「いい加減にしなさい」彼は叫んだ。「聞いているはずだ！」

グレイ弁護士は再び立ち上がり、検視官から注意していただきたいと抗議した。膠着《こうちゃく》状態に陥ってしまい、地方検事は新しい切り口から攻めざるをえなくなった。

「ケンプ氏とあなたがフレデリクス氏の部屋に行き、戻ってきた後、あなたを遺体の元に一人きりにしましたが、何をしましたか？」

私は喜んで証言した――地下室から戻るまでのいきさつを説明した――だって、どうしようもなくなったら真実を話さないわけにはいかないもの。

「それで？」カー検事はさらに追及した。

「そして、弟のデニーン氏を父親のもとに行かせた後、私は再び階段を降りました」

「何のために？」

「その――フレデリクス氏を探しにです」

「そのとき、フレデリクス氏を探すべきだと思ったわけですか？」

「あなたがどう思ったかは、関係ない、ベアードさん！」グレイ弁護士は叫んだ。

「よろしい」地方検事はにやりと笑った――彼は私の首根っこを捕まえたので、笑みを浮かべる余裕があったのだ。「あなたはフレデリクス氏を探しにいったと言った。その時間は覚えていますか？」

「午前四時五分過ぎに外に出て、四時四十分まで待ちました」

「その時間内にフレデリクス氏は戻ってきましたか？」

「はい」

「彼はどちらの方向から帰ってきましたか？」

「わかりません。暗かったし、屋敷の窓からもれる光の中に、彼が入ってくるまで見えませんでしたから」

「彼はなんと言いましたか？」

「十五分前に、眠れなかったので散歩に出たと言いました。屋根を越えて外に出て誰も起こさないようにしたそうです」

こんなことを言うくらいだったら、舌を噛んでしまいたかったが、どうすることもできなかった。

カーはフレデリクスの市内の住居へと話題を移した。

「フレデリクス氏が身につけたベストをそこで発見したそうですが？」

「はい。でも、ボタンが、私が『メイプル荘』の焼却炉で発見したものとは違っていました。そしてその日の午後に私たちが彼の夜会服を調べたところ――」

「それはけっこうです、ベアードさん。あなたを法医学の専門家として召還したのではない。あなたはフレデリクス氏の部屋でこれらの手紙を発見しましたね？」

彼は手紙の束を掲げて、私に同定を迫った――盗まれたんだ！　最初思っていた通り、やっぱり燃やしておけばよかった。もしこの手に渡されたとしても、私は手紙を正視することさえできなかっただろう。私はうなずくしかなかった。さすがに彼も内容を読み上げるほど不作法ではなかった。

「これらの手紙は陪審員団に閲覧してもらう予定であります」彼は述べた。

再びグレイ弁護士が抗議をしたが、無駄に終わった。

「これで」カー検事は最後の言葉を述べた。「ベアード嬢への質問は終わりです」

「少しお待ちください」グレイ弁護士が言った。そして検視官の許可をもらうと、地方検事の抗議にもかかわらず、陪審員団の前で、私たちが以前行った夜会服の科学検査について質問した。

このせいで検事は私に不快感を抱いたようで、ケンプと言葉を交わすと、割り込んできた。

「あなたは今でも〈ワトキンス探偵事務所〉に所属しているのですか、ベアードさん？」

「違います」

「いつ探偵事務所を辞めたのですか？」

「昨晩です。私のほうから辞職を申し出ました」

グレイ弁護士はチャンスをかぎつけたようだった。

「それではどうして辞職したのですか、ベアードさん？」彼が尋ねた。

「ケンプ氏の捜査方針が間違っていて、賛成できなかったからです」私は答えた――この言葉は正確ではないけれど、許容範囲内だろう。

しかしもう手遅れだった。ゴットシャルクの模造品の詳細が語られ、ケンプが呼んだ応援の刑事たちがフレデリクス逮捕までの経緯を説明して、この事件は検視法廷の陪審員団にゆだねられた。判決は――誰もが予想していた通り――すぐに出た。ジェームズ・J・デニーン・ジュニアは「ローレンス・フレデリクスがナイフで与えた頚部の創傷により死亡した」というものだった。

第十九章　事件の影に女あり

たぶんこの結果は、判断力がある人なら予想していたことだと思う。翌日の新聞はだいたい「この事件の唯一の当然の結論」だと書いていた――そしてその裏付けとして、フレデリクスがイヴリンに好意を抱いていたことを報道していた。そして私はと言えば、気絶しそうになって検視法廷からよろめき出たところだ。私のヒーローの顔さえ見られなかった――世間から見ればずいぶんみじめなヒーローだけど――。私は群れ集まっている村人たちを避け、なんとか目抜き通りを歩いて行き、静かな田舎道へと出て、何事もなかったかのように静まりかえる大自然に笑みを浮かべた。そして精も根も尽き果てて、緑の大地にごろりと横になった。

彼は大陪審まで拘束されることになった。彼を知っている人々は、彼はもう終わりだと思っている。不名誉な死を遂げる危険が迫っていて――しかもそのお膳立てをしたのはこの私だ！

どのくらいそこに寝転がっていたのかわからないけれど、泣いてみても気持ちは晴れず、結局私がフレデリクスをこの窮地に追い込んでしまったのだから、私がすべきことはそこから彼を助け出すことで、それには私が寝転んで林の中で泣いていたらだめなのだという結論に達した。そういうわけで私はすっ

く と立ち上がり、日が暮れかかる頃、再び「メイプル荘」の門をくぐった。

すぐに暗がりの中に立つ人影が見えた——アンブローズ・ケンプだ——そしてもう一人の人影が、悲劇が起きた屋敷へと急いで行くのも見た——どんどん日が陰ってきていたが、確かにブロムリー・デニーンだった。

もしかしたら私が相談のじゃまをしたのかもしれないが、ケンプは表情や態度に表さなかった。彼の小さな口ひげは、堂々とカールしていて、黒い目は輝き、小柄な体は誇らしげに立っていた。明らかに、彼は勝負に勝ったので、寛大になる余裕があるわけだ。

「こんばんは、ベアードさん」彼はほほえみながら言った。「午後の興奮のあとは、散歩でもしていたのかな?」

私は軽くうなずいて通り過ぎようとしたが、彼はやめなかった。

「そうだよね。神経を落ち着かせるには、散歩がいちばんだよ。君が今夜の夕食に来ないんじゃないかと心配していたんだ」

私は立ち止まった——その理由をどうにも説明できないが——そしてさっと彼の顔を見た。

「ところが、ケンプさん」私は答えた。「ちょっとしたことがあってね、おかげで猛烈に食欲がわいてきたところよ」

私はその直前までうなだれて憂鬱そのものだったのに、この生意気なチビ助が偉そうにしているのを見た瞬間カッと頭に血が上って、こいつをやりこめるため、新事実を手に入れたようなふりをしてやろうと思ったのだ。

ケンプに対する効き目は――一瞬だけど――想像を遥かに超えていた。彼は驚き、口元から笑みが消え、オリーブ色の頬は真っ青になった。

「それ――それって、どういうことかな？」彼は偉そうに聞いてきた。

「気にしないで」私は楽しそうに答えた。「そのうちわかることだから」

しかし私の頭の中は大忙しだった。「私が何を見つけたと、こいつは思っているんだろう？　何が怖いのかな？」もちろん、冷静で落ち着いているふりをした。

するとケンプは――残念なことだけど――すぐに冷静さを取り戻した。彼は押し黙っていたがすぐに立ち直って笑った。

「くだらない」彼は小さな手をひらひら振りながら言い切った。「君だってわかっているじゃないか。僕たちは犯人を見つけ、迅速に逮捕したんだ。これ以上何か見つかることなんてないよ」

「まあ、もちろん、一つ二つでたいしたことじゃないけどね」

そう言ってまた逃げようとしたが、彼は私の袖をつかんだ。その手はふりほどいたけれど、彼を狼狽させた根拠を追及され、その場に留められた。

「さあ、いいか、ベアードさん」彼は言った――子供でもだませないような甘い言い方で――「対立するのはやめよう。君はこの事件について僕に反対したし――すべての証拠を見る前からそうだったけど――しかも僕と結婚したくないと言っている。でもそれって仕事上の意見の対立や、僕のプロポーズを断ったというだけであって、敵になるのとは違うだろう？」

それは違う。別の目的があるけど、でもケンプはそんなことは知らないし、私は――全面的に真実ではないが――彼に嫌悪感を抱いていないと認めた。

「それならわかるよね。君は事件の審理を傍聴して、皆がどう思っているかも目の当たりにした。どうしてうまく立ち回って、勝ち馬に乗ろうとしないんだ？　今ならまだこっち側に来ておいしい思いができるよ」

この提案を耳にして、まず最初に嫌な気持ちになった――こんなことを言う男と、そんな提案を持ちかけられるような、どこか間違ったところがある自分自身に、猛烈に嫌な気持ちになった――しかし優秀な探偵は他人よりも秀でた感覚を一つ持っている。それは警戒心だ。だから私は気持ちを押し殺し、私をおだててくるのは、おだてるだけの価値があるのだろうと思い、それが何なのか確かめようと決心した。

「もしかしたら、あなたの考えが正しいのかもしれない」内心悪態をつきながらうなずいてみせた。

「よかった！」彼は叫んだ。「それなら君を頼りにしていいね？」

「もちろんよ」私は言い、次の言葉をわくわくしながら待った。

だが期待は裏切られた。

「じゃあ夕食をいただこう」彼は言った――そして本当に夕食の席へ向かった。

私たちだけしかいない――一家の人々はまだ自分の部屋で食事をしていた――食事のあいだじゅう、彼からいろいろ聞き出そうとした。しかしあまり強引にはできなかったので、まったく何も引き出せなかった。彼はそのときも、その晩遅くなっても、もう私が知っていることについてはよく話したけれど、これ以上明かすことはないと言い張った。そして結局一晩かけてわかったのは、私に求められているのは、何もせずに目をつぶっているということだった。

　私は途方にくれていろいろ考えてみたけれど、ついにあきらめた。たぶん結局、あの男が気分転換に話したいことを話しただけなんだろう。とにかく事件解決には一直線に突き進むしかないのだ。そしてケンプが何を考えていようが、それはジェームズ・デニーン青年殺人事件の真実ではないと確信していた。

　あの悲劇の真実は何なのだろう？　私は改めて、この事件とあらゆる可能性を検討してみた。慎重に不可能なことを排除していたつもりでも、結局被害者を殺したのは召使いだった、なんてことがあるだろうか？　強盗とかフレデリクス以外の人間が、壁にも窓にも何の痕跡も残さずに、ドアのところにいた召使いにも見られずに侵入し、また出て行ったなんてありえるだろうか？　こんな推理は成り立たない。私がヒステリー同然の状態でも、そんなことは証明できる。たった一つの例外を除き、どれももう一度反証する価値はない。しかしそのたった一つのことが、残りのすべてをひっくり返してしまうのだ。

　それは、フレデリクスが問題の日の午前三時二十五分から四時四十分のあいだにどこに行っていたのか、という点だ。これが説明できない限り、被告は絞首台行きになってしまう。この事件のどんな推理も、この点で壁にぶつかってしまうのだ。もし彼を助けたいのなら、彼の望みには逆らうことになるけれど、私はフレデリクスがこの七十五分間にどこにいたのか解明しなくてはいけないと、決意した。

　彼は罪を犯していないと言っていた。私は彼を信じる。でも彼は、黙っていたら命が危険なのを知りながら、かたくなに沈黙している。じゃあ、男性が自分の命を危険にさらしてまで何も話さない理由って何なんだろう？

そうよ！　それしかない！

私は興奮のあまりベッドから飛び出して、灰色の夜明けのなか、ブレーズデール家の屋敷がある場所を見つめた。

女性以外の動機がある？　それも彼が愛する女性じゃないの？

天恵のように私はひらめいた。そして簡単すぎる答えに、どうして今までこんなことに気がつかなかったのだろうと、不思議なくらいだった。

ローレンス・フレデリクスは、イヴリン・ブレーズデールをかばっているんだ！

あっという間に私の推理が組み立てられた。要するにこういうことだ。
（1）動機：フレデリクスへの愛。別の男性との結婚が迫り、絶望したのは明らかだ。
（2）機会：ダンス・パーティの後、イヴリンが自分の家に着いたときから、フレデリクスが「メイプル荘」に謎の帰宅をするまでのあいだ。
イヴリンは筋肉がつき、体を鍛え、戸外で運動をしていたことを思い出した——それから、最初の日に初めて会ったときの、彼女の追い詰められたような自暴自棄な様子に驚いたことも。彼女には必要な力があるし、私が間違っていなければ、その意思もある。

私は心の中で事件を再現してみた。恋人への愛、その恋人の苦境、そして無理矢理結婚させられそうになっている青年への憎しみで、頭がおかしくなりそうになっている女性がいる。彼女もダイヤモンドについて聞いた。おそらく価値ある本物だと思って模造品を盗んだのは彼女だろう。しかしそれはささいなことだ。ともかく彼女は暗闇の中を突っ切って——きっと走っていたんだろう——激情に駆られて、どんなことをしても自由になりたくて、今までの臆病だった自分をしかりつけて、原因となった青年を呪っていた。

彼女は青年の部屋の窓の下に来た。そこでそっと呼びかけたか、それとも二人にわかる合図をしたのかもしれない。デニーン青年は窓を開け、彼女が熱心にせがんだので、階下に降りてきた。召使いはもういなくなっていて、デニーン青年は彼女を自分の部屋に密かに招き入れた。そして彼の部屋で——彼女がおとなしくついていったのは、部屋から出るところを見つかると問題になってしまうからだ——彼女は、あなたを愛していないので結婚はできない、大嫌い、軽蔑する、と言ったんだ！

それからどうなったか？　青年が冷静に皮肉な態度で応えたので、彼女は発狂した。そして手近にあった凶器を使って、彼を殺したのだ。

無茶な推理かもしれない。けれど、私の短い探偵としての経験でも、もっと無茶な推理が正しかったことがあった。それに私は心の底では、イヴリン・ブレーズデールに殺人犯の役が回ってきて、悪い気はしなかった。もし私がフレデリクスを自由の身にできても、恋人の手に渡すだけだったはずが、彼を無罪にしてその恋人を有罪にできる一撃を加える機会がやってくるのだ。本気でそんなことを考えたとは言わないが、私は探偵であると同時に一人の人間で、恋に落ちている。だから事件のことをそんな風に無意識に考えていたことは、いさぎよく認めよう。

肝心なことがたった一つだけ、欠けていた。どうして殺人ができる女性が、殺人を犯すまで追いつめられるほど嫌な結婚に抵抗できなかったのだろう？　やはり、ブレーズデール家がどれだけお金が必要だったか突き止めれば、イヴリンの婚約は当然の結果だったと証明できるし、ついでに、盗まれたダイヤモンドでお金が足りない分を補塡《ほてん》できること、またはデニーン青年が死んだことですべてうまくいったと運よく示せれば、私の推理は完璧になるのだ。

一方、この仮説は時間の問題になってくる。事件のこの局面は、できるだけ早く解決しようと決心し、また眠りにつこうとした——でもまったく眠ることができなかった。

もちろん私はすぐでも行動を開始したかったけれど、無理な状態だった。翌日には葬儀が予定されていたので、私たちは一日中忙しくなる。

ステンジャーとレミントンは一、二人の友人を連れて、朝食直後にやってきた。当然だが、親戚の列席者はいなかった。デニーン家はわが国には親戚が一人もいないからだ。ようやく、予定時刻になって、ブレーズデール嬢が馬車でやってきた。連れはウォルシュ家の双子だ。彼女たちはブラック・スプリングスにお祝いにやってきたはずなのに、喪に服す滞在になってしまった。

私はイヴリンを観察しようとしたが、うまくいかなかった。ずっと彼女はうつむいていて、かなり動揺している様子で、おびえた青い顔がちらりと見えただけだった。

そのとき、ケンプが近づいてきた。

「葬儀には参列するよね、もちろん?」彼は言った。

「いいえ、しないわ」私は答えた。「考えてもみなかったわ。しなくてもいいでしょう?」

「うーん、僕たちの中から一人は参列したほうがいいんじゃないかな。でも僕は捜査の指揮でいろいろ忙しいから」

「だったらなおさら、あなたが葬儀に参列したほうがいいんじゃないの」

「でも嫌だなあ」

「私もよ」

「ああ、もう、ベアードさん。頼むからかわりに参列してくれよ！」

こいつがいきなり執拗《しつよう》に私を屋敷から離そうとするのはおかしい、と感じ、絶対に従うものかと決めた。しかしまだ彼を敵に回したくなかったので、昔ながらの女性の言い訳を利用させていただいた。

「無理よ」私は言った。「あの恐ろしい検視審問から、頭が痛くてしかたないの。だから正直言って屋敷から一歩も出られないわ」

こんなことを言っていたけど、厳かでささやかな葬列が門を通ったとたん、私は屋敷から飛び出した。デニーン夫人は打ちのめされて、客間で行われた短い祈禱に参加するのが精一杯だったが、ブロムリーは悲しみをアルコールで紛らわせて、ケンプと同じ馬車に乗っていった。厳格な老父は一人で先の馬車に乗っていた。この試練に見るからに打ちのめされ、肉体はともかく精神的にかなり参っている様子だった。

これで私は、イヴリンのあの夜の行動を自由に捜査できるようになった。私はすぐに行動を開始した。それなのにいきなりじゃまが入った。尾行されていたのだ。

十歩も行かないうちに、私は気がついた。じっくり訓練した横眼で見てみると、郡警察の刑事レアードがついてきていた。

当然、最初は不愉快に思い、まこうとしたけれど、やがて相手との知恵比べが楽しくなって、さんざん追いかけっこをした。彼をだますのは簡単で、あちこちを翻弄して回り、葬儀の参列者が屋敷に戻るまでに敷地内を二周はさせた。

そして私は門の近くの安全な場所に隠れて、尾行者がちょうど後ろに立つまで待った。

やがて、予想していた通り、屋敷からレミントンとステンジャーが乗った馬車がやってきた。

私はそれを止めた。

「乗せていただけません？」私は頼み、答えも待たずに飛び乗った。そして御者に町の駅まで行くよう頼んだ。

「あの、お二人にいくつか質問していいかしら」しばらく走ってから私は言った。

太ったレミントンはにやにやした。

「どうぞ、どうぞ、ベアードさん」彼は言った。「お嬢さんとご一緒できるのなら、なんでもどうぞ」

「簡単なことなんですけど」私は答えた。「ブレーズデールさんはどうしてジェームズさんと婚約することになったのかしら」

本当にもう、これを聞き出すのにかなり苦労した。女性だったらたった三語で済むような単純な事実を、男性の口から聞き出すのにこんなに質問をしなくてはいけないなんて、驚きだ。要するにこういうことだった。

ブレーズデール家は裕福な一族だった。しかし故ブレーズデール氏の結婚相手は彼にまったくふさわしくない女性だった。そして妻が本当にひどい相手だったとわかったときには、もう手遅れだった。彼は強い酒と株式市場にのめり込み、あっというまに破滅した。彼が亡くなって残ったのは、「メイプル荘」の隣の何重にも抵当に入った土地と、落ちぶれた家名と、美人に育つであろう娘だけだった。

イヴリンはフレデリクスと一緒に育った。青年の家は裕福ないい家柄だったが、先に起きた恐慌で破産し、彼の父母は死んでしまった。するとそれまでフレデリクスと娘との仲を公認していたブレーズデール夫人が、恐慌後は彼らの前に立ちはだかった。彼女は実際は体が不自由だが、たとえて言えば、自分の得のため走り回り、狡猾に立ち回ったということだ。イヴリンは父と同じく、母を恐れていて、母親に意気地なく従っていた。老未亡人は、娘に金持ちを捕まえさせて家を再興しようとしていたようだ。そうこうしているうちに、デニーン家が「メイプル荘」を購入し、デニーン青年がイヴリンにあからさまに好意を示すと、ブレーズデール夫人は娘に言うことを聞けと厳命した。

「でも、まさかあの大きくて力も強い健康な人が、愛してもいない男性との結婚に同意するんですか？——弱った母親に命令されたっていうだけで？」

馬車はかなりの速度でがたがた揺れながら田舎道を進んでいった。ステンジャーは私が質問すると、道に沿ってはえているハンノキをじっと見つめた。するとレミントンもなぜか同じように反対側のマツの木に視線を移した。

「どうなんでしょうか？」私は答えを促した。

するとステンジャーが振り向いた。

「不思議じゃないよ、ベアードさん」彼は言い捨てた。「マリア・ブレーズデール夫人に会えばわかるさ」

しかしそこにレミントンが口を挟んだ。

「おい、ステンジャー」彼は抗議した。「夫人だけが悪いんじゃないのは、知ってるだろう。ジェームズ・デニーンが、イヴリンによくわからせたんだよ。結婚相手の家族が振り出した手形を、自分が買い取ったってさ。俺はジェームズが好きだったよ。でも死人のことを悪く言うわけじゃないが、これは本人から直接聞いたんだ。彼女のことを本当に愛してるけれど、もしブレーズデール夫人が娘を渡さなかったら、法律の許す限り最後の一セントまで取りたてるつもりだってね――これでわかっただろう」

「なるほどねえ」私は思い切って言ってみた。「そうすると、手形があるわけですね?」

「何十枚もな」

「金額はどれくらいになるのかしら?」

レミントンは広い肩をすくめた。「ブレーズデール家が破産するほどだね。でもイヴリンが結婚祝いにもらうはずだったデニーン老人のダイヤモンドの値段の三分の一にもならないだろう」

「メロドラマみたいね!」私は言った。

「いいや」ステンジャーは否定した。「そんなものじゃない。単なるビジネスだよ。血も涙もない契約というよりも、単純な通告だよ。ジェームズはビジネスではやり手だったが、義理の母親からはまったくお金を取り立てていなかったから。これでわかったかい?」

彼が思っている以上のことが、私にはわかった。だからあえて黙っていた。

「その結果」ステンジャーは結論を言った。「つい最近のある朝、ニューヨークでせっせと働いていたローレンス・フレデリクスは、愛する恋人が自分の学校時代の友人と婚約したという知らせを聞き、ほぼ同時に届いた手紙で、その級友から結婚式の付添人になってくれと頼まれたというわけだ」

彼が話し終えると同時に、私たちは小さな鉄道駅に到着した。知りたいことはすべて知った。

「よくわかったわ、みなさん」私は言った。「本当にありがとう」

彼らは大まじめな顔をして一礼した。

「もしかしたら」ステンジャーは言った。二人のうちで無口なほうだ。「ローレンス・フレデリクスが犯人だとは思っていないんだろう？」

私は彼の手をぎゅっと握った——私が思わず彼にキスをしたくなっていたなんて、彼は知らないだろう。

「思ってないわ」私は言った。「彼はやっていないと証明するつもりよ。だからあなたたちにいろいろ聞いたの。いいでしょう？」

「まあ、気にしないよ」ステンジャーはあわてながら言った。

そして私は彼らと別れた。

私は正しい方向に向かっているのだと、確信した。イヴリンが婚約者を殺害したのだ。あとは「素敵な」ブレーズデール夫人に会って、「メイプル荘」からどのくらい時間がかかるか、敷地を抜けるのに最速でどれくらいなのか、測るだけだ。

第二十章　マリア・ブレーズデール夫人と会う

私の計算では、ゆっくり歩いて回り道をしていけば、二つの目的を同時に達成できる。第一に、イヴリンとその友達が葬儀から無事戻ってきて、夕食に出る支度をしに部屋に引き上げた後、ブレーズデール家に到着できる。そして第二に、あの仕事熱心なレアード刑事が私たちの馬車を追いかけて街道を走ってきたのを三回ほど見かけたので、彼と鉢合わせしないようにするのだ。結果、私の判断は間違っていなかった。目的地が見えると、デニーン家の葬儀の出席者の一人が帰って行く姿が見え、そしてレアード刑事には見つからなかった。

ブレーズデール家は荒れ果てた屋敷だった。成金のデニーン老人が、結婚式は自分の屋敷でやると言い張り、未亡人がしぶしぶ従った理由がわかった気がする。道路からかなり奥まっている、落ちぶれた上流階級を絵に描いたような屋敷で、道路から屋敷までの私道は雑草が伸び放題、芝生はまったく手入れされておらず、建物の外観すべてが、がっかりする見た目で完璧に統一されていた。

それでも私は勇敢に歩いて行き、呼び鈴を鳴らした。出てきたメイドは、こざっぱりして清潔感があり、アメリカに来たばかりのようだった。

ブレーズデール夫人はご在宅でしょうか？　はい、もちろんいらっしゃいます。奥様はまったくお出かけになりませんので。お会いできますか？　お名刺をいただければ大丈夫です。そういうわけで私は言われた通り、名刺を出した。

しばらく時間がかかったが、ついに私は大きな居間に通された。照明は緑色の笠のランプが灯っているだけだった。編み物や新聞紙が散らばっているテーブルの脇に、イヴリン・ブレーズデールの母親が座っていた。

彼女の第一印象は、本当に年をとっている、というものだった。こんなに年をとって見える人は、生まれて初めて見た。彼女は小柄で猫背だった——生きているのがやっとなほど全身がしなびていた。目は落ちくぼんで隈ができ、カラスの足跡が驚くほどくっきり刻まれていた。鼻は骨ばったかぎ鼻で、口元からはひどく頑固な様子が見られたが、どんなにいい入れ歯でもだらしない外見をやわらげることはできていない。額から顎まで顔全体がしわだらけだった。震えている手には、透けて見えるほど薄い編み物を持っていた。後で知ったのだが、この彼女の姿は主に病気のせいだったそうだ（彼女は十数年前から歩くことができず、ひどいかんしゃく持ちだった）。しかし私が言ったように、彼女が与える印象はただ年老いているということだけだ。しかも、奇妙な縮れた茶色の小さなかつらを、気取ったレースの帽子の下につけているせいで——よく見えるようになるどころか——かえってその印象を目立たせ安っぽく見せてしまっていた。さらにしわだらけの頰にたっぷり頰紅まで塗っている。

「こんにちは、ベアードさん」私が入って行くと彼女は言った。「座ったままでごめんなさいね。体が不自由なものでね」

彼女の声に私は少し驚いた。ともかく年をとっているのだ。その一方で、冷静で耳障りでもあった。私は近づくと、彼女の目は、衰えてはいるのだが、冷たく強く輝いていることに気づいた。

私はしどろもどろになって慰めの言葉を言った。

「いいよ、いいよ」女主人はぶっきらぼうに言った。「あたしゃ、なんとかやってるからね、ありがと」

私は座った。居心地の悪い沈黙だ。お互い相手が口を開くのを待ち、お互い本能的に、相手は敵だと感じていた。自分から口火を切って、相手に有利にさせまいとしていた。彼女につきあってずっと黙っていてもよかったが、じゃまが入る前に話を聞いてしまいたかったので、結局私が降参した。

「ブレーズデール夫人」私は、正直に言えば、おずおずと切り出した。「実は重要な用件で参りました」

「そうなの」彼女は答えた。「何の用だかわからないねえ」

「デニーン家の恐ろしい事件についてです」

彼女は姿勢を正し、編み物を膝の上に置き、両手を握りあわせると、私をにらんだ。

「ところであんたは誰だい？」彼女は質問した。

「私は探偵です」

「へえ、そう？　探偵って聞いたことがあるけど、お目にかかったのはこれが初めてだわ」自分より身分が上の相手と結婚した女性の例にもれず、マリア・ブレーズデールは実に見事に横柄な態度を身につけていた。「あんたは誰に雇われているのか、聞いてもいいかね？」

ちょっと困った質問だった。デニーン氏本人が私を雇っているのを言うつもりはなかった。ケンプやその仲間の耳に入れたくなかったからだ――連中はおそらく、私はグレイ弁護士の依頼で捜査していると信じており、チャンスさえあれば彼らのほうにつくという私の嘘を信用している——そして一方で、まだ〈ワトキンス探偵事務所〉に雇われていると言うのも嘘になる。そういうことで、私は適当にごまかすことにした。

「関係者の一人に雇われています」

「それで、あたしに何を聞きたいんだい？」

実を言うと、なんだか手間だけかかって何も聞き出せないような気がしてきた。どうやらできるだけ正直に言うのがいちばんいいようだ。

「ブレーズデール夫人」私は頼んだ。「これから私が申し上げることは、絶対に秘密にしていただけると思っていいですか？」

「あんたは自分のしたいことをちゃんとわかっているんだろうけどね、お嬢さん、あたしはあんたがどう思おうが、関係ないよ。あたしが、あんたの言うことを秘密にしたほうがいいって思ったら、そうするよ。よくわからないのに約束なんてできるかい」

「わかりました、ブレーズデール夫人」私の動きがケンプの耳に入る危険を覚悟し、私は言った。「あなたを信頼します。何しろ淑女でいらっしゃいますから」

「フン！」ブレーズデール夫人は言った。

「ですから」私は続けた。「私はすべてをお話しします。まず、私はフレデリクス氏がこの事件の犯人だと思っていません。彼を無罪にするために働いているのです」

「無茶するね」

「そうかもしれませんが、釈放までがんばります。彼が無実なのは間違いないですから」

「そうかね、へえ？　まあ、若い女なんてそんなものだよ。顔がよければ、事実なんておかまいなしに、無実だと思い込むもんだ。でもフレデリクスを助けたくてここに来たんなら、あんたは来る場所を間違えたよ。あたしゃ、あの子のことは生まれたときから知っているけど、信用できるところはないからね。あんたはちょっと会っただけで、無実だと思ったみたいだけど。何年も前からあの子を知っているあたしは、犯人に間違いないと思ってるよ」

彼女はひどい悪意を込めて断言し、話を終わらせた。

私はかっとなったが、感情に任せて行動しなかった。

「でもブレーズデール夫人、何か知っている事実があったら教えていただけませんか？」

「この事件については、何も知らないとしか言えないねえ」

私は彼女のほうを向いて、とっておきの武器を取り出した。

「ブレーズデール夫人、殺人があった晩、お嬢さんは何時に帰宅されましたか？」

普通の母親だったらこんな質問をされたらひどく動揺するところだが、ご想像の通り彼女は冷静だった。まばたきさえしなかった。

「知らないよ、そんなの。体が動かないからね。早く寝てしまったさ」

「お体が不自由とのことですが、ぐっすり眠れるのですか？」

私は優しく、感じよく言った。すると老婆はそれを私の本心だと受け取った様子だった。

「それくらいしか楽しみがないんだよ」

「するとまったく心当たりはないんですね？　レミントン氏とステンジャー氏はだいたいの時間を教えてくれましたが、あなたから裏付けが欲しいんです」

「わからないね。娘に聞いたらどうだい？」

「いくつか質問をするつもりですが——それは後にします。それであの晩はいつも通りぐっすり寝ていたのですね？」

「ぐっすりね」

「ブレーズデール夫人はぐっすり寝ていたので、誰かが家に入ってきても気づかなかった——たとえ何か物音がしたとしても——その後誰かが出て行っても、まったく聞こえなかったということですね？」

彼女の鋭い小さな目が私をにらみつけた。しかし何か思い出した様子はなかったし、たとえ何かわかったとしても、私に明かすわけがなかった。

「その通りだね」彼女は言った。

後は何かなかったっけ？　私はもう一度できるだけ正直そうな顔をした。

「正直に申し上げますと、今の質問はとても大切なことなんです、ブレーズデール夫人。実はフレデリクス氏を弁護しようとしても、彼が問題の晩に『メイプル荘』を不在にしていたという事実にぶつかってしまうんです。自分に有利になるのに、どこに何をしに行ったのか、絶対に話そうとしません。彼の弁護をするにはまずそれを調べなくてはいけないのです」

未亡人は再び私を、頭の先からつま先まで平然と観察した。

「あの子が言わないってことは」彼女は返答した。「よっぽど人様には言えない恥ずかしいことなんだろうよ」

「でもブレーズデール夫人、そうじゃないかもしれません。真実を言うと、誰かの迷惑になるのを心配しているだけかもしれません。いかがでしょうか？　何か教えてもらえませんか？」

再び彼女は私をじろじろ見た。

「娘さん」彼女は言った。「無理だね。フレデリクスが屋敷を抜け出してこの家に来て、うちの娘とこっそり会っていたと言いたいんだろうが、娘のことは母親のあたしよりもあんたのほうがよく知ってるんじゃないかね」

そうかもしれませんね、と私は心中で思ったが、何も言えず、当惑して言葉も出なかった。

ブレーズデール夫人は最後にもう一回じっくりと私を観察し、頭を上げて会話を打ち切った。これ以上彼女の時間を浪費するのに、私はふさわしくない相手だと判断したようだ。

「いいかい」彼女は最後に言った。「悪いがお役には立てないよ。フレデリクスという男についてあたしが言えるのは、娘への求婚を断っている母親の気持ちを無視する男だってことさ。そして相手が断っているのに無理強いしようとするんだ。断って、別の男――あの子の友達と婚約してるっていうのにね」

「でもブレーズデール夫人、彼があなたに何かしたわけじゃないでしょう」

彼女は口をゆがめた。

「あいつは娘の一生を台なしにしたじゃないか」彼女は言った。「娘が愛した男を殺したんだ。あいつが絞首刑になるのを、心の底から望んでいるよ。それじゃあ、ごきげんよう」

こんな状態で何ができるだろう？　今だったら経験を積んでいるから、答えられるかもしれない。でも当時の私は答えられなかった。愚かにもみっともなく逃げ出しただけだ。

もちろんこの家を出てすぐに、やるべきだったことをたくさん、聞くべきこと、答えることはその二倍思いついた。しかしもう家を出され、ドアは閉まっていた。だから私はできるだけの捜査をするしかなかった。

そういうわけで、私は「メイプル荘」に堂々と戻った——レアード刑事は、門から少し離れたところで私を待ちかまえていた——そしてすぐ頼んだ馬車が引き出されてきた。レミントンとステンジャーは、あの晩、ダンス・パーティの後、ブレーズデール家へ普通の速度で馬車で行ったと言っていたので、私は懐中時計を手にしながら同じような速度で走らせた。その距離を走るにはちょうど十五分かかった。

彼らはその後町に行き、ブラックス・スプリングスで夜をめいっぱい楽しんだそうだが、それは私には関係ない。だから乗り物から降りると「メイプル荘」へ帰らせた。

そして少しあたりを調べまわり——レアード刑事の尾行を気にせずに——やがて、生け垣の穴を抜けてデニーン家の敷地にまっすぐ通じる小道を発見した。屋敷の近くまでたどり着け、しかも夜ならかなり暗いので見つかる心配がない。慎重に確かめると、いったん戻って最後まで小道を走った。十二分かからずたどりついた。

さて、イヴリン・ブレーズデールは、私の計算では、問題の晩、午前二時五十七分頃に自宅に到着した。もし彼女がそのまま自室に入り、すぐにまた「メイプル荘」まで戻ってきたとしたら、ジェームズ・J・デニーン・ジュニアの部屋の窓の下に——彼女を愛し、今、たぶん彼女をかばっているあの人からも直接見えるところだ――少なくとも午前三時九分に、つまり彼女の婚約者が残酷に殺された時刻から、二分以内に到着したと思われる。

第二十一章　尋問をしてみた

理想的な探偵にとって、科学的思考法は不可欠だ。彼――もしくは彼女――は、理論を守るためではなく、真実を明らかにするために仕事をしなくてはいけない。実際には、探偵の思考では理論は後回しだ。まずはありとあらゆる事実を集め、そこから理論ができあがるのだ。どんな信条にもとらわれてはいけない。どんな大義も奉じてはいけない。ただ正義だけが例外だ。

それが、後年になってから私が仕事をするときの大切なルールだった。でも一八九三年、まだ私が駆け出しで、このデニーン家事件に関わっていたときは、それ以外の思いに囚われていた。そういうわけで、イヴリン・ブレーズデールに殺人を犯す機会があったとわかったとたん、私は彼女が犯人だと信じ込んでしまったのだ。

しかしそう確信したけれど、私は、当然ながらデニーン氏に報告することはできなかった。そしてその晩、私は意外な事実があきらかになったので、フレデリクスの無実が証明されるだろう、と曖昧なことを言って、老人を巻き込まないことにした。面会をしたがこれといったこともなく、事件の進展には至らなかった。老人はまだひどく憔悴《しょうすい》していたが、回復のきざしもあった。そして私は、たとえ自分の憶測が——もちろん曖昧に伝えた——間違っていたとしても、ケンプの推理が間違っている可能性も十分あると、老人を納得させた。

デニーン氏の部屋から出たときに、たまたまわが同僚探偵殿がブロムリー・デニーンの部屋に入るのを見かけて、私は新たな方向に考えを切り替えた。この二人は手を組んでいて、私を疑っているのではないかしら。

さて、一体どういうことだろう？　ケンプがこの二十四時間の私の行動を追いかけていれば、私が彼味方ではないと当然わかるだろう。でも、私を監視する準備をしていたという事実から、二十四時間前から、彼が私を疑っていたとわかる。なぜ？　私はフレデリクスの濡れ衣をはらそうとしているだけで、ケンプが自分の推理に自信があるのなら、私を監視をする必要がない。私の捜査を恐れていないのなら、ケンプは何が怖いのだろう？　ブロムリーと急に親しくなったのは、単に気が合ったからなのか、それとも一族の中で友人を作る必要があったからなのか。あの次男はいちばん簡単につけこめそうだ。でもこのことも、どうしてケンプが私を恐れているのか、その理由の説明にはならない。

まあ、敵の中に興奮状態でいると、なんらかの慰めがほしくなるのかもしれない。私は、今夜はこの件を忘れ、寂しく一人で夕食をとることにした——ケンプはブラック・スプリングス当局の会議に参加して不在だった——そしてベッドに入った。

翌朝、私は早起きをして自分の推理を確かめることにした。無謀な推理だったので、通常の捜査方法は捨て、無謀な捜査方法をとることにした。証拠を完璧にそろえて、最後の最後で犯人をいきなり逮捕するような手練れの探偵とは違い、私は知っているすべての事実と、ほかにもっと知っているふりをして、イヴリン・ブレーズデールと対決することにした——専門用語で言う「過酷な取り調べ《サードディグリー》」をして、はったりをかまして彼女の罪悪感をゆさぶり、自白に追い込もうというわけだ。

こう決心を固めて、私は拳銃をドレスの下に隠した——イヴリンのような体力のある娘を相手にするのだから、もしかしたら武器が必要になるかもしれない——自分の部屋に運ばれたコーヒーとロールパンで栄養補給をすると、朝早く誰にも見られないように、どうにか屋敷から抜け出し、ブレーズデール家まで大急ぎで近道を行った。生け垣をくぐり抜け、大きな藪《やぶ》の影に座ってじっと待ちかまえた。

私は、不意打ちをするつもりだった。そうすれば当然、彼女は驚くだろう。それに、私の道徳心に訴えるやり方は——あまりたいしたことはないかもしれないが——眠れない夜から目覚め朝食も食べていない女性に仕掛けたら、より効果があるんじゃないかと思ったからだ。そんな私に幸運が味方してくれた。あまり待たないうちに、イヴリンが小道に姿を現したのだ。

彼女はいつも通り女性の筋肉美を見せていたが、顔は青白くぼんやりしていた。青い目の周りには隈ができていて、この数日間の出来事から立ち直っていないようだ。

彼女が私の横を通り過ぎてから、さっと立ち上がって名前を呼んだ。

彼女は驚いて振り向いた。

「あなた、誰?」彼女は問いただしてきた。

この娘にはまったく母親に似たところがないと、私は感じた。

「フランシス・ベアードといいます」私は言った。

「その——悪いけど、あなたのこと知らないわ」彼女は口ごもった。いきなり出会ったせいで、彼女の頬はさっと赤くなった。

「あの晩『メイプル荘』のパーティでご一緒しました――デニーンさんが殺された晩に」

「ああ、思い出した！　ごめんなさい、ベアードさん。こんな時間にいらっしゃるなんて思わなかったし、あれからいろんなことが起きて――」

しかし私は無情に遮った。

「きっと」私は言った。「あなたのお母さまから、昨日私がうかがったことをお聞きかと思ったのですが。聞いていない？　それなら結構です。ともかく私はあなたのことを、あなたが思う以上に知っているんです、ブレーズデールさん。そして私は探偵なのです」

最初彼女が通り過ぎていったときに、とても顔色が悪いと思っていたが、今度は血色が引いて、肌は灰色になってしまった。

「何を――何を聞きたいというの？」彼女は尋ねた。

「まず話を始める前に――あなたのためを思って申し上げますが――どこかじゃまの入らないところへ行きましょう」

彼女はよくわからなかったようだ。彼女は当惑し困って周りを見回した。そんな彼女は、力は強そうだけれど、おつむのほうはそれほどでもないみたいだ――思っていた通りだったけど。

「私が申し上げているのは」私は続けた。「どこか静かな場所を教えてくださいということです――たとえば隣の敷地とか」

「でもそんな場所は心当たりがないわ、ベアードさん」

「いいえ、あなたはご存じのはずです——私も知っています。ここから生け垣を抜けて行くんです。その向こう側はお話をするには最適の場所です。あなたが『メイプル荘』へ近道をするときにいつも使う小道ですよね」

しかしこれを聞いた彼女は姿勢を正した。おびえていた彼女が立ち直ったのかと、私は心配になった。

「どうしてそれを——」彼女は言いかけた。

「いろいろ調べるのが私の仕事です。どうか落ち着いてください。私についてきて——いいですか、これは生死にかかわる問題なんです」

すると彼女は羊のように従順についてきて、私たちは生け垣の向こう側、大きなスズカケの木の下で立ち止まった。

私は彼女の顔をまっすぐ見た。

「『メイプル荘』のダンス・パーティの晩」私はできるだけ冷静で厳しい声を出して言った。「ジェームズ・デニーン青年が殺害された。あなたもよく知っている通り、私は『贈り物の部屋』で見張りをしていて、あなたとフレデリクスさんがバルコニーで話しているのを聞いたんです。あなたは、彼を愛していると言った。デニーンさんとは結婚したくないと、ほのめかしていた。フレデリクスさんはあなたに、もしダイヤモンドを手に入れられたら、あなたを妻にできるのにと言いだした。その直後、ダイヤモンドが盗まれた」

私はわざと話を止めた。しかし彼女は恐怖に大きく見開いた青い目で、私を見つめるばかりだった。先を続けた。

「あなたが自宅に帰るため、馬車で『メイプル荘』を出たのは午前二時四十分。そして盗難がわかったのが二時四十二分。犯行が起きた時刻から二分経過してからよ。馬車は遠回りの道を通るから、あなたは家に二時五十七分に到着した。その後のあなたの行動も説明しましょうか、ブレーズデールさん？」

彼女の青白い唇が動いたが、何の音も発しなかった。

「それから」私は続けた。「次にあなたは自分の部屋に入り、ほかの女性たちも自室に戻った。しかしあなたは部屋にはいなかった。すぐにまた出かけた――生け垣のこの穴を潜り――暗いなか、小道を走って――三時九分にあなたは『メイプル荘』のあの窓の下に立っていた。その直後、その部屋で、あなたが結婚するはずだった男性の――あなたが嫌っていた男性です、イヴリン・ブレーズデール――喉が耳から耳まで切り裂かれた！」

私がもっと話す前に、彼女が前によろめき出て、力強い腕を――今では子供のように弱々しくなってしまったけど――投げかけ私の肩にしがみついた。

「ああ、まさかそんなこと信じていないでしょ！　信じていないでしょ、ベアードさん！」彼女はすすり泣いた。「ローレンスは絶対、絶対そんなことはしていないわ！――それに彼がどこにいたか、話さないのは、私をかばっているからなの」

これは自白なの？　彼女の言葉はひどく混乱していた。私はまぬけに彼女の言葉を繰り返すしかなかった。

「あなたをかばう？」

「そう。こんなどうしようもない私を！　だって私はやっぱり――急に、ジェームズと結婚でき、な、い、いってわかったの。それで急いでローレンスに、結婚をやめるから私と逃げてって言いに、走って戻ったのよ――彼も私を連れて逃げるつもりだったの。そして彼に声をかけた――そしたら下に降りてきて――私を家まで送ってくれた。そして私たちは次の日に逃げるつもりだったの！」

第二十二章　馬車につかまって

　ここで事態は急展開した！　私は入念に推理を組み立てた――この推理が正しいと自分自身に酔っていて――ところがここですべてが破綻した。頭の弱い女性つまりイヴリンのような子がやりそうな一つの行動によって、こっぱみじんになったのだ。

　私の最新の推理はどれだけでたらめだったか、今、わかった。明らかにあり得ない推理だったし、どう見てもこの娘は嘘のない真実を語っている。私の推理には、彼女に人間を殺す勇気がないという、致命的な弱点があったのだ。

　一瞬にしてわかった今、私はまた最初の問題に直面した。つまりフレデリクスの無実を証明したら、結局、彼をこのおびえた情けない子に渡さなくてはいけないということだ。でもそんなことは、彼は無実だったとわかった喜びのおかげで、すぐに忘れた。そしてそのかわり純粋なプロとしての本能――事件を解決する喜びに変わったのだ。

　しかし形式的に、私はイヴリンを調べなければならなかった。彼女を詰問したが、無駄に終わった。彼女は最も重要な事実について確信があった。彼女は逃げる決意を固めたあと、ステンジャー、レミントンそしてウォルシュ姉妹と一緒に家まで馬車で帰るあいだ、すぐにフレデリクスのところに行くことばかり考えていた。ダンス・パーティが終わって『メイプル荘』に戻ろうとしたとき、彼女は自宅の廊下の置き時計を見て時刻も覚えていた――ちょうど私が推定した午前二時五十七分だった。

「でもどうして」私は声を張り上げた。「フレデリクスさんのアリバイを証明できるのに、何も話さなかったの？　もちろん完璧なアリバイではないし、あなたは第三者の証人ではないけれど、彼が今、こんなことになったのは、彼がそのときどこにいたか私に嘘をついて、そのあとずっと沈黙しているからなのよ！」

彼女はうなだれた。

「グレイ弁護士を通じて彼から手紙をもらったの」彼女は小声で言った。「中身はグレイ弁護士も読んでいないいんだけど――そのなかで頼まれたの――命令されたと言ってもいいわ――何も話すなって」

「そしてあなたは、彼の命が危ないっていうのに、そんな馬鹿なお願いをきいたってわけ？」

「私――私、危険だって知らなかったのよ、ベアードさん。本当に、本当に――その――それに――」

彼女は話すのをやめ、手で顔を覆った。見るからに先を続けられそうになかった。

しかし私は強引に問いただした。

「それに、何だっていうのよ？」私は厳しく言った。

「それに」彼女は口ごもった。「私の母のことを、あなたは知らないから」

それで私には十分だった。怒りでいろいろ暴露してしまう前に、できるだけ早く立ち去ったほうがいい。彼女は大泣きして、私がフレデリクスのために捜査していると言うと、お礼を言った。そして別れ際に、今、私と話をしたことは誰にも――フレデリクスにもグレイ弁護士にも――言わないよう約束をさせた。そのかわり、私は全力を尽くして彼女がこの事件に巻き込まれないよう努力すると誓った。これで彼女と関係がなくなると思うと、本当にうれしいわ！

さて、私は自分の部屋に戻り、改めて私の捜査結果を見直した――それを紙に書き出すと、こうなる。

第一に、フレデリクスが「メイプル荘」から密かに出かけた件で、彼が最初についた嘘とその後の黙秘について、合理的な説明がつけられた。

第二に、証人を発見した。必要とあらば彼が屋敷を出てから戻ってきて私と出くわすまでのあいだ、つまり、（目撃者でもある）彼女がブレーズデール家に戻るまでのあいだ、彼がどこにいたかを証言できる。

でもこれでいいのだろうか？　私だって簡単にひっくり返せる。

フレデリクスの嘘と不在についての第一の合理的な――いや完璧といってもいい――説明によって、彼がイヴリンを愛しているという事実が、私の前に立ちはだかった。彼は、彼女と結婚して豊かな暮らしをするのに、宝石が必要だと言っていた。その発言は宝石が盗まれる直前に出たものだ。盗まれた宝石のかわりに置かれていた模造品は――知る限り彼だけが――持っていたもので、要するに、彼がデニーン青年を殺害する最も強い動機を持っていたのだ。

第二に、イヴリンが、彼がどこにいたか証言しても、私が彼女に注意した通り、関係者の証言だ。抜け目のない地方検事なら、簡単に彼女を共犯に仕立て上げるだろう！　当局が彼女の話を真実だと受け入れたとしても、この証言はフレデリクスの、それほど重要でない時間帯の行動を説明しただけだ。盗難が起きた時間帯に彼が屋敷内にいたのは間違いないし——殺人が行われた時間にいたのも確かだけど——そして彼には盗品を処分する機会はいくらでもあった——敷地内に隠しても、共犯に手渡してもいい——そんなことはイヴリンを自宅まで送っていった後にできる。

フレデリクスの動機から始まった出発点から、全然進んでいない。とにかく真犯人を発見しなくては。そういうわけで、私は頭を空っぽにしてもう一度出直してみた。今回の事件は、急展開したので、まずはいつ何が起こったのか見つけ出し、その後にどのようにして行われたか、誰がやったのかという理論を組み立てなければならない。

私は鉛筆と紙を再び手にして、書き出してみた。うれしいことに今回は比較的簡単にできた。探偵は、捜査中に時間を覚えておくのが大切だと習う。事件が発生した後は、私たちは何度も懐中時計を確認する。そうしておけば、後に証言をするときに、すべての観察した事実をきちんと整理しておくことができるのだ。

ダイヤモンドを監視するために自分の部屋で椅子に座ったとき、第一の盗難事件の直前、置き時計が午前二時半を打ったのをはっきり覚えている。そこで、盗み聞きしたフレデリクスとイヴリンの会話を書き出して、懐中時計を見ながらまるで話しているように読み上げてみた——動作の分の時間も入れた——すると盗難事件が発生した正確な時間は、二時三十九分もしくは四十分に間違いないとわかった。

ケンプは私と交代するため、約束の時間ぴったりに戻ったと証言していたから、彼が部屋に入ってきた二時四十五分まで、およそ五分間私は模造ダイヤモンドを調べていたことになる。思い出してもらえると思うけど、彼はすぐに行動を起こす必要はないと言い張っていた。話をしているうちに、二時五十六分になったと言っていた。それはジェームズ・デニーン青年が現れて私たちを驚かせる、一分ほど前だ。

さて、その後死んでしまう男性が、私たちと一緒にいたのは三、四分だった。彼が立ち去った直後、私たちが一階に降りていったときに、時計が三時を打ったからだ。そしてケンプの証言では、三時五分にこの屋敷の主と私たちは、盗難の現場に戻っている。

次に私は、フレデリクスとイヴリンの会話を再現したのと同じように、「贈り物の部屋」でのデニーン老人と私たちの会話を再現してみた。さらに殺人があった晩に、私が「贈り物の部屋」からデニーン夫人の部屋まで歩いて何分かかったか計測した結果、私とケンプが、死体が発見された部屋の外で合流したのは、三時十二分だった。そこで三分も浪費したのは間違いない。ケンプによると、私たちはあの部屋に十分間いたそうだから、そこを離れたのは三時二十五分だ。

フレデリクスが泊まっていた部屋まで私は再び行ってみて——どんな気持ちだったか、ご想像の通りだ——三時二十五分から三時三十分のあいだそこにいたとわかった。ブロムリーの部屋を調べるには二分もかからなかった。そして私はジェームズ青年の部屋に戻ったが、そこでは七分間しか耐えられなかった。三時三十九分に私は誰かが地下室にいると気づいた。フレデリクスを待つため外に出たのは、四時だとわかっている。だから服を一部脱ぐのに一分かかったとして、私が地下室を調べたのは合計で二十分間——もしくはブロムリーと話した時間を五分間としたら十五分間だ。最後に、フレデリクスが戻ってきたのは五時二十分前だった。

以上が私側から見た行動一覧表だ。さて今度は相手側、フレデリクスの行動を明らかにしなければ。それには——彼のところに行って、あなたの秘密をあばいているの、とは言えないので——イヴリンへの尋問を元にするしかない。それでもなかなか満足できた。

二階でイヴリンと別れた後、被告人はそのまま自分の部屋に戻ったということになっている。イヴリンは階段を降り、ステンジャー、レミントンそしてウォルシュ家の双子がすでに馬車に乗って彼女を待っていたところに合流した。だから彼女が「メイプル荘」を出発したのは午前二時四十二分ごろだった。その頃にはフレデリクスは陰鬱な気分で、寝室の窓辺で葉巻を吸っていたと思われる。一行はブレーズデール家に二時五十七分に到着した。そしてイヴリンは驚くべき早さで客たちをベッドに送り込み、自分も部屋に戻ると、再び裏階段から降りてきた。そして『メイプル荘』へ戻った。彼女によると夜でも十分か十二分で行けるそうだ。

そのあいだをとっても、私の元々の計算通り、彼女が到着したのは三時九分だ。彼女がやってくると、当然フレデリクスはすぐに下に降りていった。二人は藪の中で四時十五分頃まで話をしていた。彼が彼女を自宅まで送っていくとき、十五分間歩いた（来るときよりも帰るときにこんなに時間をかけたなんて考えるのも嫌だが、仕方ない）。そしてフレデリクスが私と出くわしたのが四時四十分だった。

こうしてかなり正確だと思われる時間表ができあがった。こんな感じだ。

この時間表を詳細に調べた結果、わかったことについて、詳しく述べる必要はないだろう。要するに私はケンプには表ではおだてられ、裏では馬鹿にされ、まだ何も知らない老人からは励まされ、郡の刑事には常に尾行されていたわけだ。私は翌日、体系的に事件を整理し、一度召使いの捜査はやっていたけれど、再び一人ずつ呼び出して、もう一度一人一人排除していった。

一方で、一家は元の生活に戻りつつあった。時間がたつにつれて、どんなに混乱した家庭でもそうな

時間表

2時39分から2時40分 ダイヤモンド盗難	
2時40分から2時45分 模造品を目の前に私一人	2時42分 イヴリン、自宅へ出発
2時45分から2時57分 ケンプと私、話す	
2時57分から2時59分 ケンプと私、ジェームズ青年と話す	2時57分 イヴリン、自宅到着
2時59分から3時3分 ケンプと私、階下へ	2時58分から3時9分 イヴリン、近道を通って「メイプル荘」へ戻る
3時5分から3時10分 ケンプと私、デニーン老人と「贈り物の部屋」に行く	
3時10分から3時12分 私はデニーン夫人に声をかける	3時9分から4時30分 イヴリン、フレデリクスと一緒にいる。近道をして彼女を家まで送る
3時12分から3時15分 ケンプと私、ジェームズ青年の部屋のドアの外に	
3時15分から3時25分 ジェームズ青年の室内	
3時25分から3時30分 フレデリクスの室内	
3時30分から3時32分 ブロムリーの室内	
3時32分から3時33分 ケンプと私、再びジェームズ青年の室内	
3時33分から3時40分 私一人でブロムリーとジェームズ青年の室内。一方ケンプは「贈り物の部屋」へ、殺人について報告に行く	
3時40分から4時 私、地下室に行く	
4時から4時5分 ブロムリーが戻る、ほか	
4時5分から4時40分 私、屋敷の外で待つ	4時40分 フレデリクス戻る

るものだ。デニーン夫人は降りかかった災難の悲しみは感じさせつつ、かつての威厳を取り戻して食卓を仕切っていた。夫は彼女に命じられた役割を懸命にこなそうとしていた。ただブロムリーだけが――いまだにケンプと仲がいいようだが――酒に頼っていた。これはブロムリーにしてみれば、別にいつもと変わらないわけだけど。

しかし私は湧きおこる興味をもって彼をじっと観察していた。推理をしながら一人また一人と排除していくと、彼の存在が大きくなってきたのだ。そこで翌日の夜まで、私は彼をつけ回してみた。実のところ、この時点で怪しいのは、ブロムリーとその父親と母親しかいない。一般的に言って、父親や母親が長男を殺すことはあまりないが、嫉妬深く身持ちの悪い酒びたりの弟は、昔から、兄を殺すものなのだ。そして宝石が初めて披露されたときに、ブロムリーがジェームズ青年をにらみつけていたのを私は見ている。私が地下室から戻ってきたときに、ブロムリーはなぜか外から屋敷に入ってきた――私はいよいよ彼が怪しいと思いはじめた。

夜までに方針が決まったので、翌朝には新しい線に沿って捜査しようと決意してベッドに入った。私の捜査は、予想していたよりももっと早く始めることになった。夜明け頃、私は驚いて目が覚めた。近くで声がしたのだ――ささやき声だが、こんな変な時間に声が聞こえるなんてめったにない。仕事の一部として、寝ていても片耳だけは起きている女は、目を覚ましてしまうのだ。

こっそりドアを開けて外をのぞくと、ケンプの部屋の前に、パジャマ姿の探偵と、すっかり着替えて帽子をかぶったブロムリー・デニーンが立っていた。そして彼は手を伸ばして、茶色の紙で不器用に包んだ箱を受け取っていた。

「汽車に乗るまでまだだいぶ時間がある」この家の息子は言った。「一階でコーヒーでも飲んでいくよ」
汽車に乗る？　どういうことだろう？　それにあの箱には一体何が入っているのだろう？　そしてブロムリーはどこに行くのだろう？

探偵稼業では、論理よりも直感がよく働くときがある。このときもそうだった。ドアを閉めたときの音で気づかれないように開けたままにして、私は窓辺に走り寄り、外を見た。雨が降っていた。そして濡れた屋根付き馬車が待っていた。ブロムリー・デニーンを待っているのは間違いない。

今度も私はためらわなかった。雨の日用スカートとブラウスと大きなベレー帽を大急ぎで身につけると、重いブーツを手に持って――誰にも見られていないこと、幸運にもブロムリーがコーヒーを飲んでいることを確かめると――こっそり廊下を進んでいき、フレデリクスが泊まっていた部屋に入ると、あの日曜日の早朝にフレデリクスがイヴリンに会いに行ったのと同じように、屋根を乗り越えて、地上に降り立った。

そして私は低木のあいだを通って行き、門を抜けると、大きなオークの木の影に隠れた。濡れたストッキングの上から靴を履いていると、馬車がこちらに走ってくる音がした。門で一旦停止するので、隠れ場所の前を通り過ぎるまで、スピードを上げないのはわかっていた。

ここでも私の計算は正しかった。音を立てて進んできた馬車の御者は注意を馬にばかり向けていたし、ブロムリーは中に乗っていたので姿が見えなかった。私は馬車が自分からほんの数歩のところに近づくまで待った。そして道路に飛び出して追いかけると、できるだけすばやく後部の出っ張り――スプリングか何か――に飛び乗ってつかまった。するといきなり鞭《むち》が入って馬が勢いよく走り出したので、必死になってしがみついた。

その後どうなったかというと——こっそり盗み乗りしたフランシス・ベアードのスカートは、いくら少し丈が短かったとはいえ泥の中を何度も引きずられ、体は揺さぶられてがたがたになり、両手は痛くなり、必然的に上を向く顔には、雨が容赦なく叩きつけられた——できることなら、逃げ出したくなった。肉体的苦痛だけでなく、早朝の散歩をしている人たちに見られて、「後ろにも鞭を入れろ！」と叫ばれたらどうしようと、ずっとはらはらしていた。でも私にはこんな苦難も克服する根性があった。そして危険から逃れられたのは、私にとっては苦痛だった大雨のために、誰も外に出なかったおかげだった。とにかくこれは私の駆け出し時代の、ひどい再出発の思い出だ。ようやく鉄道駅のある町に近づいたのがわかり、心の底からほっとした。

馬車の後ろから飛び降りると姿を隠し、ブロムリーが切符売り場に入って行くのを見つめていた。その直後に街へ行く汽車が駅に入ってきて、私の獲物が乗り込んだ。まだまだ私は運がよかった。彼は喫煙車に乗っただけでなく、隣の客車の前向きの席に座ったので、私は彼のすぐそばに座ることができた。

それからしばらく順調に進んだ。車掌がやってきて「ブラック・スプリングス駅からの切符を拝見！」と声をかけたので、ブロムリーが切符を手渡したのが見えた。そこにはニューヨーク行きと書いてあるにちがいないと、私は判断した。そこで私は同じ距離分の運賃を支払い、座席に座ると彼の監視を開始した。私は大満足だった。彼がふくれたオーバーコートの下に大事に抱えている箱の中に、真実が隠されているかもしれないのだ。

しかしこれまで運が私に味方してくれていたが、そこまでだったようだ。その中身が何だろうと、彼が車内で包みを開けることは期待できない。でももしその中身がわかれば、あの若者の秘密を暴く手がかりになるかもしれない。普通列車だったので、やかんを持った鉄道労働者や早出で都会に向かう眠そうな労働者が乗っていた。ブラック・スプリングスの南にある駅を二つ通過し、蒸気機関車が三駅目で汽笛を鳴らしたときに、ブロムリー・デニーンはいきなりあたりを見回して、私を見つけた。

私はそれまでの幸運に酔っていて、いつもの注意を怠っていた。監視していることに気づかれたくない相手を、凝視する危険を忘れていたのだ。私にできることといったら、彼の品のない無気力な顔を見て、あごが落ちるのを観察し、だらしない唇が動くのを見つめるだけだった——そのあいだ、私はこのだらしない男性に、にっこりほほえんでうなずき、まるで出会って連れになるのを喜んでいるような顔をした。

彼は悔しさをやっとの思いで飲み込んで、揺れている通路の座席をつかみながら近づき、私のところにやってきた。

「おはようございます、デニーンさん」私は思い切っていつも通り愛想よく挨拶をした。「あなたもニューヨークにいらっしゃるんですか。乗ったところを見ませんでしたわ」

「いいや」彼は不機嫌を隠そうともせずに言った。「こっちもあんたを見なかったよ。あんたもニューヨークに行くのか？」

「ほんの数時間しかいませんけど」

「うちの事件に関する仕事で？」

「いいえ、違うんです！　私事で。実を言うと、大家さんと会って、それから買い物もしなくちゃいけないの。連れができてうれしいわ。お座りください」

そして私は隣の席をあけた。

しかし彼は私を不審の目でじろりとにらんだだけで、さっと窓の外を見た。

「どうも」彼は答えた。「でももうここで降りるから。犬のことで友達に会うんだ」

この少年には生まれつき、犯罪者としての才能が備わっていた。そしてあっという間に彼は私から離れると、箱などすべてを手にして、プラットフォームに降りた。

まあ、彼にしてやられたわけだ。汽車が彼を置いて出発するまで、私は車内に座ったまま、彼を見送るしかなかった。

「すみません」私はしばらくして車掌にできるだけ愛想よく話しかけた。「バートンヴィル駅で降りたのは、ブロムリー・デニーンさんじゃありませんでした？」

「そうですよ、お嬢さん。デニーンさんの息子で、お兄さんがローレンス・フレデリクスに殺されたんです。よくこの列車に乗っていますが、最近は見かけなかったなあ」

「よかったわ」私は答えた。「昔の知り合いで、さっき声をかけられたんですけど、誰だか自信がなかったんです」

「ええ、彼で間違いないですよ」

「でもどうしてこんなところで降りたのかしら。ニューヨークまで行くと言っていたのに」

「彼の切符もニューヨークまでだったんですがね、お嬢さん。友達でもいたんじゃないですか」

第二十三章　わが親愛なる泥棒氏

車掌の言う通りかもしれない――ブロムリー・デニーンはバートンヴィル駅のプラットフォームで友人を見かけたのかもしれなかった――しかしもっと可能性が高いのは、彼がこの汽車に敵が乗っていると認識したということだ。とにかく、私はうまくやれず、次に何をすればいいか、途方にくれてしまった。あの青年はすぐにブラック・スプリングス駅に戻り「メイプル荘」に帰るだろうか、それとも私につけられていないと確認してから再びニューヨークへ向かおうとするだろうか？　私は決められなかった。ただ、もし彼が家に帰るなら、今すぐその後を追うのは不可能だった。彼がニューヨークに行くとすれば、上り列車でまんまと私をまいたと思っているはずだから、バートンヴィル駅に停車する汽車から降りてくる乗客をニューヨークで監視するのがいちばん無駄がないと判断した。

正午まで監視を続けていたが、空振りだった。グランド・セントラル駅で脚が痛むまで立っていたので、一等車の接客係が私を不審の目で見はじめた。結局がっかりして私は立ち去り、おいしい昼食をとると、次の汽車でブラック・スプリングス駅に戻った。

「メイプル荘」に帰るとすぐ、デニーン老人が私を呼んでいると知らされた。そこで彼の部屋に行くと、この屋敷の主が窓辺に座っていた。留置所にいるフレデリクスよりも囚人のように見えた。彼の周りには、いまだにデニーン家殺人事件について書きたてている朝刊が積み上がっていた。

「やあ、ベアードさん」彼は愛想よく言った。「あんたをずっと探していたんだ」

「そうでしたか」私は答えた。「自分の用事でニューヨークに行っていました」

「ブロムリーもそう言っていた。車内であいつに会ったそうだな？」

おかげで追いかけていたブロムリーのその後の行動について判明した。しかし彼が帰り道に何をしていたのかという疑問が起きた。そこで私は用心深く答えた。

「息子さんとはバートンヴィル駅まで一緒でした」

「ふむ――そうか――それで、ベアードさん、これまでに何がわかったことは？」

「残念ですが新しいことは何も。この事件はまだわからないことが多いですが、今の捜査を進めていけば、一つ二つ新事実が明らかになるかもしれません」

「新しいことは何も、か？　ふむ、ふむ、犯人をつかまえられるなら、どんなに金がかかってもかまわん。だが、ブロムリーが言っていたが、あんたはケンプに、結局、彼の意見に賛成することにしたと言ったようだが」

「はい、彼にはそう言いました」

彼は私をさっと見た。まるで彼が直面していた問題に、私が答えたようだった。

「それで、ベアードさん」彼はいきなり問いただした――彼ののどのところの灰色のひげが上下していた――「それは本当なのかね？」

しばらく、彼は私を見つめていた。人間の驚くべき直感に従って、私は嘘をついた。

「ええ、もちろんです、デニーンさん。もちろん本当です」

「しかしあんたは前に二人で会ったときには、そんなことは言っていなかった」

「そうかもしれません。でもある意味、私の考えは変わっていません、デニーンさん。有能な探偵として、常に事実には謙虚です」

どうにか彼は立ち上がった。椅子から離れるとき、その体重を支えている長い腕が震えていた。

「ベアードさん」彼は言った。「正直に言おう。あんたにこんなことを聞いたのは、ブロムリーがあんたの行動が変だと思っているからだ。しかも――あんたはあいつを疑っているらしいじゃないか」

なるほどそういうことか。今まで気づいていなかったことが、一つはっきりした。つまり、私が彼の長男殺しの容疑者として次男を疑うのは、彼の意に沿わぬ捜査であり、これ以上彼の家に滞在する権利なんてないということだ。

しかし私は降参したくなかった。だからそう言われて傷ついたふりをした。

「デニーンさん」私は精一杯の虚勢を張って言った。「私の言葉をお疑いになるのなら、私には選択肢はありません。あなたのお屋敷から出て行きます。そうすれば時間の無駄になりませんから」

大げさに演技したら彼が納得して私をここに残してくれるかもしれないと思ったが、それも駄目だった。ブロムリーは私が留守にしていたあいだ、いろいろ手を回していたようだ。緊張して話し出した老人から、この数日間の親しげな様子が消え去っていた。

「ふむ、あんたが正しいかどうかはわからん。わしはあんたの言うことを疑っているわけじゃないぞ、ベアードさん、あんたの言うことは信じている。しかしいいかね、これは——」

私が急に話のじゃまをしたので、彼は最後まで続けられなかった。廊下から物音がしたので、ドアに飛びついて勢いよく開けたのだ。

廊下に逃げて行ったのは、ブロムリーだった！

「失礼しました」私は言って、平然と元の場所に戻ったが、背後のドアは大きく開けたままにした。「誰かがノックしたと思いまして。お話の続きは——」

「つまりだな、お嬢さん。わしがあんたを雇ったのは、あんたが、ケンプは間違っていて別人を逮捕したと考えていたからだ。しかし今、あんたはケンプが正しいと考えている。彼が正しいなら、もう犯人は逮捕されておるから、あんたがこれ以上ここに残る理由はない」

「デニーンさん」私は答えた。「おっしゃりたいことはわかりました。ニューヨークに帰る前に、まだ少しやっておきたいことがあって、明日までかかるかもしれません。でも明日の晩までには、『メイプル荘』を出て行くとお約束します」

私が本当にやろうとしていたことは——ブラック・スプリングスに宿を取るということ以外に——なかなか説明しづらい。当然、これから「メイプル荘」やその敷地を自由に歩き回れなくなったら、とても困ることはわかっていたけれど、老人には関係ない。彼は私との契約が終了してとてもうれしいらしく、ゆっくりでいいとまで言ってくれた——「そのあいだは家族の一員だと思っていいからな！」

私は彼と別れた後、ブラック・スプリングスの町をぶらついて、グレイ弁護士に連絡をとろうか、それともどこか宿を探そうか考えていた——するとその日二度目に駅の前を通り過ぎたとき、よく知っている人物を見かけた。

アンブローズ・ケンプがちょうど汽車に乗り込もうとしていたのだ。そして――私の目は確かだ――彼のコートのポケットが、数時間前私が気になってしかたがなかった、あのブロムリーのと同じように、奇妙に膨らんでいる！

何の躊躇もなく、私はその後を追った。今回は失敗するわけにはいかない。私はケンプが乗った客車の隣の客車に乗り、客車のあいだのデッキに面している窓を開けて、彼が乗車しているかどうか、四十二丁目駅までずっと確かめていた。

いよいよ尾行も佳境に入ってきた。ケンプは高架鉄道に乗り換えて二十三丁目に行った。私はその後を追った。停車場で見つかりそうになったが、私はどうにか身を隠して尾行を続行した。

彼は二度通りを横断した。そこで私は警戒すべきだったのに、興奮しすぎていてそこまで頭が回らなかった。そして彼がブロードウェイで角を曲がったので、その後を追って人混みの中を進んでいくと――彼の腕の中に飛び込んでしまった！

「おやおや」彼は言いながら、黄褐色の顔が真っ赤になり、小さな口ひげがピンと立って戦闘態勢に入っていた。「君のことはすべてお見通しだよ、ベアードさん。今回は鬼ごっこの相手がいなかったみたいだけど」

私は驚いてもがき、自由になったが、ようやく絞り出せた言葉はたった一言だった。

「どういうこと？」

「レアード刑事は二度も君を見失ったりしないってことだ。君が僕を尾行して同じ列車に乗ったと、先に電報を打ってくれたんだ。バートンヴィル駅に着いたときに、彼からの電報を受け取った。それから、僕は君の尾行に気がついていたんだよ」

ちょうど夕暮れ時だった。そしていつもの六時の群衆がブロードウェイにあふれかえっていた。しかしそのなかで、私たちは誰からも気にも止められず、押しのけられるままになっていた。

「まあ、そうだったの」私は挑発的に言った。「それで、ばれちゃったけど、どうするつもり?」

「言うまでもないじゃないか! とっても簡単だよ。君がついてくるなら、路上で僕に客引きをしてきたって言って、逮捕してもらうよ」

私がどんな気持ちになったかわかってもらえるだろう。私はその場ですぐにこいつの首を絞められるのなら、その後絞首刑になったってかまわなかった。実際は、頭に血が上りすぎて話もできなかったのが、かえって幸いした。ここで何か言ったとしても、状況が変わるわけではない。ただ黙って怒りをたぎらせていると、ぱっとひらめいた。

「わかったわ」私は言った。「負けました。行けばいいんでしょ」

「よろしい」彼はせせら笑った。「ただし君がいなくなるのを確かめないと――だから歩いていったり路面電車に乗ったりしないで。地下鉄のL線に乗るんだ。そうしたら、次の駅だろうがどこで降りてもかまわないよ」

私は、素直にとは言えないけれど、それに同意した。やつが私を疑い始めないようにだ。一緒にいちばん近いL線の駅に行き、回転式の改札を通り、さらに乗車するときに手伝ってもらった。

「ともかく」やつは少し優しくなって別れの言葉を言った。「もうこの殺人事件で僕たちがやることはないんだから、心配することはないよ。これは僕からの忠告で、真実だよ」

走る列車に乗りながら、殺人事件についてはそうかもしれないけれど、盗難事件はそうじゃないんじゃないのと思った。これでどうしてケンプが私を監視させていたのかわかった。彼はずっと、宝石はおそらく敷地のどこかに隠してある、主張していた。彼は私がそれを見つけるのを恐れていたのだ。そして（二十三丁目とブロードウェイに知っている店があったから、ひらめいたのだけれど）、もう彼は宝石を見つけたのではないだろうか——ブロムリー・デニーンと一緒に。それともブロムリーが「見つけた」のかもしれない。彼が殺人犯であり、宝石を隠しておき、ケンプを仲間に引き入れたのかもしれない。そしてその逆もありえる。そのくらい二人にとって宝石の魅力は強かったのだろう。しかしともかく、宝石が正当な持ち主から盗まれたことには変わりない。そしてあいつらは自分のものにしようとしている。

私が今、やるべきことは、ブロムリーが金に困っているかどうか確認をすることだ（非常にありえる話だ）。安全だという保証があれば、ケンプだって泥棒と手を結ぶかもしれないとも考えた。そして謎が解けたあの箱に入っている宝石の行方を確かめるのだ。

私の知っている質屋には、ケンプは行かないだろう。だから「故買屋」を当たらなければならない。そう考えて、私はすぐに反対方向に乗り換えて、ワシントン・スクエアにつくと広場を横断し、フランス人地区のど真ん中に入り込んだ。そこにあるアパートに、古い知り合いのホワイティ・ギルバートという泥棒が、妻のマダムと一緒に住んでいる。彼女はかつて五番街のある間抜けな大金持ちの夫人のメイドをしていた。

汚いカフェの上の細い階段を延々と上って最上階にたどりつき、マダムに会った。

いいえ、だんなさまはいませんですと、しきりに恐縮してみせた。しかし本当だろうか？

「そんなことないでしょ」私は声を張り上げた。「ギルバートさんは私をご存じよ。ベアードが金になる話を持ってきたと伝えてちょうだい」

すると期待通りホワイティが現れた——背が低くて太っている金髪のアメリカ人で、やさしそうな目と明るい丸顔をしていた。

「こんばんは、ベアードさん」彼はけろりとした顔で言った。「あなたの声だってわかったよ」

「どうも」私は答えた。「会えてうれしいわ。ちょっとした個人的な仕事で相談があるの」

ギルバートが手を振ると、マダムは夫が入ってきたドアから出て行った。

「あいつは大丈夫」彼は言った。私たちは屋根裏の狭い漆喰塗りの部屋にある、たった二つの椅子に腰掛けた。「あまり頭がまわらないからね」

私はうなずくと、すぐに仕事の話に入った。

「ホワイティ」私は言った。「手助けしてもらい仕事があるのよ」

「悪いが、ベアードさん、助けられるかどうかわからんよ。フォーブスの仕事で大失敗してから、もう死んだも同然だ——本当に」

「ねえ、お願い！　楽な仕事よ。あなたを助けてあげたことがあるでしょ？」

彼は巻き毛の頭でしぶしぶうなずいた。本当に彼を助けたことがあったのだ。リアドン夫人のティアラがどこにあるか教え、グニソンのダイヤモンド事件で彼の容疑を晴らしてあげたのは私だ。

「だから」私は口を開いた。「今度は私を助けてよ」

そして、行方を捜している宝石の特徴を話した。そして持ち込まれた「故買屋」がわかり次第、連絡をしてほしいと言った。

彼は最初乗り気ではなかった。彼らは仲間同士の結束が固いからだ。しかしその道の玄人は素人の存在をおもしろく思わないので、私は最後の仕上げにケンプが怪しいのだと名前を出してみると、効果はてきめんだった。

「へえ、そうかい？」ホワイティはにやりとした。「それなら今度は俺があいつにお仕置きをしてやってもいいかな！　ドラモア家のルビーの事件じゃ、あいつが俺を捕まえやがったからなあ」

こうして私は希望に満ちて、暖かくもてなしてくれたホワイティの家を離れた。そして〈ワトキンス探偵事務所〉のライバルの探偵事務所に勤務する二人の友人に電報を打ち、ブロムリー・デニーンの財政状態について調べるよう依頼した。夕方の汽車に乗って、ブラック・スプリングスに戻り、「メイプル荘」の最後の晩をゆっくり休むことができたのだった。

第二十四章　万事休す

翌朝早く、「メイプル荘」を出る準備などせずに、私は堂々と馬車に乗ってブラック・スプリングスの町へと出かけ、グレイ弁護士と長い時間話し合った。そして彼が先に行って彼にしかわからない方法で、適切に手続きをしてくれたおかげで、私は留置所に行ってすぐにフレデリクスと二人きりになることができた。

テーブルを挟んで向こう側の簡易ベッドに座っている彼を見て、かなり変わったという印象を受けた。漆喰の壁の高いところにある格子窓から差し込む朝日が彼の頭に当たり、まるで後光のようだった。おかげで彼の姿が愛情深くそして厳かに見えた。精神的な苦悩がにじみ出ているその顔は冷静だった。老けこんだというよりも力強さが増し、以前の無頓着さが影を潜めていた。声も穏やかに、低くなっていた。重大な決断をした自信に満ちた態度になり、わざと自分を追いつめ、究極の試練のなかに身をおいていた。彼は今まででいちばん素敵だった。

すっかり雰囲気が変わっていたが、彼は私を歓迎して暖かく迎えてくれた。そして簡単な挨拶を交わした後、無理矢理明るく前回の面会について話題にしてきた。

「それで、運は向いてきた？　真犯人を逮捕したとか、ついに無罪を証明して名誉を取り戻したとか？」

こんな調子では、私も明るく振る舞わないわけにはいかない。

「まだそこまではいっていないけど」私は答えた。「でも真犯人は、もう少しで捕まえられると思う」

彼は身を乗り出した。

「それは本気？　本当に本気で言っているのか、ベアードさん？　落ち着いて、僕にとって何を意味するかよく考えてくれ」

「私は本気で――言っているのよ」

「でも誰を――誰を――」

彼は言葉が出なかった。

「そうねえ」私はほほえんで言った。「それは秘密」

「ねえ！　ふざけないでくれよ、ベアードさん。大事な問題じゃないか」

「本当に知りたいの？」

「もちろんだよ、ベアードさん」

「だったらちょっと待って。あなたが正直に私の質問にすべて答えてくれたら、教えてあげてもいいわ。ご褒美としてとっておくから」

彼は両手で顔を覆った。彼を苦しませるのは忍びなかった。しかしやがて彼は顔を上げ、膝に肘をつき、両手の指を組んだ上に顎を置いて、先ほどまでの冷静さを取り戻し、ぽつりと言った。

「どうぞ」

「まず、あなたに許してもらわなくちゃいけないの。許してくれるかしら？」

「何を？」

「あなたの言うことをきかないで、勝手な行動をしたことよ。やっと、どうしてあなたが土曜日の夜に私に嘘をつき、そしてそれから黙秘しているのか、もうわかったの」

「誰に聞いた？」

私はその名前を言いたくなかった。でも結局口ごもりながら白状した。

「ブレーズデールさん本人から」

「でもどうやって――」

「今の状況を彼女に説明して、質問したの」

「君はそのことは誰にも――」

「誰にも言っていないわ。私の知る限り、誰にも言う必要はないはずだもの」私は嘘をついた。「私もあなたと一緒で、ブレーズデールさんが厳しく非難されて名誉を失うことは望んでいないわ」

「ああ、わかったよ。そのことはもういいから、先を――先を続けよう！」

「じゃあもう一つ教えて。あの模造ダイヤモンドのことよ――まだ私に説明していないし、グレイ弁護士も、あなたは何も話さないって言うじゃない」

「それは単に、イヴリンがあの晩一人で『メイプル荘』に戻ってきて、僕と一緒にいたという事実がばれてしまうよりは、僕が有罪だと思われるほうがましだと思ったからだ」

「そんなの、馬鹿げていると思わないの？」

「最初はそう思ったけど、時間がたつにつれて、もし彼女が戻ってきたことがばれたら、彼女が殺人犯だと疑われるのが心配になったんだ。探偵は僕を疑ったんだから、彼女のことだって当然疑うだろう」

私は咳払いをし、手で顔を覆い表情の変化を隠した。

「それで」私は言った。「あなたは本当に自分が有罪だと思わせたかったの？」

「もちろん。君もグレイも秘密は守るだろうし。でも君は最初、聞かなかったじゃないか――」

「そのときは必要がなかったからよ。そのことについては順番に後で話をするから」

「検視審問の後、グレイにそのことを話してから、黙秘すると決めたんだ」

「それで、模造ダイヤモンドについては？」

「簡単に言うと、僕はジェームズに渡すつもりで模造品を持ってきた。あの晩スーツケースを開けていると、荷物から出てきた。ちょうどそのとき、たまたまジェームズがドアのそばにいた――僕が着いたばかりのときのことだよ――そして彼に渡した」

「なんですって？」私は叫んだ。

彼は驚いた顔つきで私を見つめ、今言ったことを繰り返した。

「それは間違いないの、フレデリクスさん？」

「もちろん。よくできた模造品だから、本物とすり替えてもきっと君は気がつかないよって、笑いながらジェームズに言ったのを覚えている」

「それで彼は――彼はなんて？」私は息をのみ、身を乗り出して、フレデリクスの肩をつかんだ。

「確か、特に何も言わなかったな――覚えている限りでは」

「でも思い出して――いいから思い出すのよ！」

「いや、あいつは何も言わなかった。どちらかというと無口なやつで、あまり愛想はよくないから」

私は椅子に崩れ落ちた。

「ああ、もう」私は叫んだ。「どうして先にそのことを言ってくれなかったの？　役に立ったのに！」

「わけがわからないよ」フレデリクスは言った。「一番目の泥棒は僕が模造品を渡したのを知って、ジェームズの部屋から模造ダイヤモンドを盗み、本物とすり替えたということはわかるけど」

それを聞いて、私は高らかに笑い声を上げた。

「あなたってすごいわ！」私は言った。「探偵の本能があるみたい。すぐに私たちの仲間になれるわ。でもここまでにしましょう。まだまだ質問したいことはたくさんあるけど、後でいいわ。すぐに出かけないと」

「ちょっと待って、ベアードさん！　約束を忘れているじゃないか」

「その通りだわ。あなたと会っているとなんでも忘れちゃう。そうね、今まで発見したことを教えてあげる。第一に、時間の問題があるの。これは途中でわからなくなったら、遠慮なく言ってちょうだい」

彼はうなずいた。そして問題の夜に起きたこと、私が果たした役割を簡単に説明してから、さらにこう続けた。

「どうやって私が証明したのか詳しいことは言えないけど、すべての項目を、どんな状況でもせいぜい一分間の誤差しかないところまで確かめたわ。本物のダイヤモンドが盗まれたのは二時三十九分から二時四十分のあいだ。私が模造品の前で一人でいたのが二時四十分から二時四十五分。二時四十五分から二時五十七分まで、ケンプが私と一緒にいた。二時五十七分から二時五十九分まで、ジェームズがそこにいた。二時五十九分に彼は去り、自分の部屋に入った。私たちは一階のデニーン老人のところに行き、三人で三時五分に戻ってきた。だから模造ダイヤモンドは三時から三時五分のあいだに盗まれたにちがいないの――いちばん可能性が高いのは三時ちょうどよ。私が疑っている人物の名前を挙げて、その犯行方法やその後の殺人がどうやって行われたかを説明したら、どうしてかがわかると思うわ。

三時五分から三時十分までケンプ、デニーン老人そして私は『贈り物の部屋』にいた。その後二分間で、私はデニーン夫人を呼びに行き、ケンプはジェームズの部屋のドアをノックしていた。三時十二分から三時十五分まで、私はケンプとドアの前にいた。そして私たちはドアを破り、中に十分間いた。その後だいたい七分、あなたの部屋とブロムリーの部屋にいた。そしてさらに七分間私が一人で死体といるあいだ、あなたやブロムリー以外、ケンプとほかの人全員は『贈り物の部屋』にいた。三時四十分になって、私は地下室に降りた。誰かがそこにいたからよ。その誰かは暗闇のなか逃げて、私は地下室と一階に、四時までいた。戻る途中にブロムリーが正面玄関から入って帰ってきたのに出くわした。ここまで大丈夫？」

再び彼は息を詰めたままうなずいた。

「じゃあ、何が起こったか話すわ。ジェームズ・デニーン青年は私たちと別れた後、ケンプと私が一階のデニーン老人のところに行っていて、誰もいなくなったはずの『贈り物の部屋』から、物音を聞いたのでそこへ行き、泥棒を捕まえた。そのことを公にしたくない人物だったので、彼はその人を自分の部屋に連れて行き、説教をし始めた。二人は当然口論になり、泥棒がジェームズを殺した。その後犯人はブロムリーの部屋に行き、回廊の屋根を越えて庭の芝生に降り、敷地のどこかに盗んだ物を隠した。そのあいだケンプと私は死体を発見し、家中にそれを知らせていた。私が一人で殺人現場にいたとき、犯人は屋敷に戻ってきて、地下室に行き、血のついた洋服を燃やし、私に捕まらずに逃げた――そして」

フレデリクスは私の言葉を熱心に聞いていたが、このとき、彼は激しくあえぎながら遮った。

「誰だ！　誰なんだ！」彼は叫んだ。

「ブロムリー・デニーンよ」私は言った。

するとそのとたん、私は何かがおかしいことに気がついた。

フレデリクスは、まるで私が殴りつけたように突然立ち上がって、両手で顔を覆った。

「違う、違う！」彼はうめいた。「不可能だ！」

「でも」私は話しはじめた。「彼は身内だけど、事実は事実なのよ」

するとフレデリクスは私に顔を向けた。その瞳はランプのように光っていた。

「そう、その通りだ」彼は言った。「事実は事実だ。だからこそブロムリーは犯人じゃない。そして真実は真実だ。そう考えれば、僕は単に黙っているだけで自由の身になれる！」

今度は私が驚く番だった。

「何が言いたいの？」私は尋ねた。

「つまり、君の時間表がだいたい正しいとすれば――」

「ほぼ完璧よ」

「すると君は間違った男を指摘していることになる。ブロムリー・デニーンには時間がないよ。盗んでいるところを兄に捕まって、兄についていって部屋に行き、話をして、けんかをして、殺してから屋敷を逃げ出すなんて、三時から三時三分のあいだにできないよ」

「違うわ。私が言ったのは、三時から三時十分か十一分のあいだよ」

「そうだね。でも僕はあの夜自分の部屋で、開けっぱなしの窓のそばで煙草を吸っていた。懐中時計を取り出して時間を見たら、止まっていたんだ。ちょうどそのときブロムリーが真下の芝生にいるのが見えた。僕は彼に声をかけて、何時か聞いた。彼は自分の懐中時計を見て、ちょうど三時三分だと答えた——そしてイヴリンが到着するまでそれから六分以上かかってない。僕は自分の懐中時計を翌朝確かめた。彼は本当のことを言っていたよ」

これを聞いて、私がどう思ったか、考えてみてほしい。この話をくつがえそうとしたが無駄だった。彼は私同様、自分の話に自信を持っていた。

「いいや、ベアードさん」彼は頑固に主張した。「そんなことを言っても無駄だよ。君は僕のために一生懸命がんばってくれたけど、どうやら万事休すのようだ。さあ、そんなに思いつめないで」彼は再び私を見つめた。その言葉と裏腹に、その声音はやさしかった。「さあさあ、君が悪いんじゃないんだから！　運命には逆らえない。そうだ」言いながら、彼はベストのポケットから指輪を取り出した。「もしよかったらこれを僕の思い出として受け取ってくれないか？　大して高価なものじゃないけど——君がこんなによくしてくれたのに、申しわけないが——でも君に持っていてもらいたいんだ。母のものだったんだ。君にとても感謝しているという印として——伝わっていると思うけど」

彼の最後の言葉はほとんど聞こえなかった。ただ指輪を受け取るしかなかった——二つの小さなダイヤモンドが、ルビーの両脇に埋め込まれていた――そしてとてもうれしいのと、悲しくてたまらないのとが混ざり合って、私は走って逃げ出すしかなかった。

だって、彼が話しているのを聞いていて、私はついに謎を解いたと気がついたからだ。フレデリクスを、彼が愛する女性に渡すときがきたのだ――彼の無実を証明し、ジェームズ・デニーン青年の本当の殺害犯人を逮捕するときが。

第二十五章　最後の結末

私はグレイ弁護士を訪問し、ニューヨークに電報を三本打った。そして「メイプル荘」に馬車で戻り、ある目的のもと、少しのあいだ屋敷の中を見回った。さらにデニーン老人と長いあいだ、満足のいくまで話をした。自分のトランクに荷物を詰め、ニューヨークに帰るためにブラック・スプリングスの町へ出発する準備が整った。

すべての作業が終わったときは、もう午後も遅くなっていた。私は執事のジョージを門に派遣して、そこで待っているはずの人々を屋敷まで連れてきてもらった。

やってきたのは私の三人のお友達と、さらにグレイ弁護士、フレデリクス、そして地方検事だった。

私は彼らと図書室で会った。

私がすぐに主導権を握った。

「ええと――すみません」私は地方検事に話しかけた。「お名前はなんておっしゃいましたっけ」

彼は真っ赤になったが、礼儀を逸しなかった。

「カーです」検事は答えた。

「ああ、そう――そうでした。それで、カー検事、あちらの窓から外を見ていただければ、お宅の郡警察の刑事が見えます――レアード刑事だと思います――植え込みの中に隠れているはずです。彼はあそこにいて、実は私を監視しているのです。でもレアード刑事をケンプ探偵のところへ行かせて、ケンプをしっかり監視するよう命令してもらえませんか。彼が必要になるかもしれません」

カー検事はよくしつけられた犬のように、従った。

そして私はベルを鳴らしてメイドを呼び、ドアのところで彼女には私の客たちが見えないようにしながら――もっとも彼女はすでに彼らが屋敷に来ていることを知っている可能性はあったが――ますデニーン老人に私の準備ができたと知らせるよう頼んだ。次にブロムリーに、ケンプが図書室で会いたいと言っていると伝言させ、最後にデニーン夫人に、私がお別れの挨拶をしたいのでお待ちしていますと伝えさせた。

こうして、私は大団円を迎える舞台の用意をしたのだ。

さて、彼らが一団となってやってきて中に入ると――驚きの表情を浮かべていた――グレイ弁護士がドアのところに立った。

「ここに皆さんをお呼びしたのは」集まった人々の様子とは反対に、私は冷静な口調で話しはじめた。「私が『メイプル荘』にお別れを告げるときが来たからです。そして出発する前に、皆様全員にきちんとお別れのご挨拶をして、そして、デニーン青年殺人事件の真相をお伝えします」

私はわざとここで話をいったん止め、周りを見回した。町やニューヨークからやってきた私の仲間は、私があばこうとしている内容について、どれくらい知っているかによって無反応であったり警戒したりしていた。ケンプはわき上がる困惑を隠そうとして、無理に冷笑しているふりをした。デニーン夫人は——ほかの人々がなぜか部屋の中で立ったままなのに、ただ一人座っていた——落ち着いていたが、当然興味は示していた。彼女の夫の顔は石像のように硬くなっていた。そしてブロムリーは、おびえた小学生そのままといった様子だった。

「まず殺人事件から始めます」私は再び口を開いた。「そしてお別れの悲しみを後まわしにするために、私がどうやってこの事件を捜査したかを説明します。幸運と巧みな捜査のおかげで、デニーン青年の生前最後の夜に何が起きたのか、すべての重要な出来事を時間順に分単位まで確定することができました。この屋敷内のすべての人たちが、あの夜の——いえ、日曜日の早朝の——午前二時三十九分から四時まで何をしていたか把握したのです。こうして私は無実の人間を一人また一人と消去していき、ついに犯人を突き止めました。

さて、何が起きていたのでしょうか。ローレンス・フレデリクスはあの土曜日の夜、ここに少し遅れて到着しました。彼はダイヤモンドの模造品を持参し、すぐにジェームズ・デニーン青年に渡しました。ジェームズは宝石を自室に置きましたが、その後あることが起きました。彼が本物の宝石を所有することを妬む人間が、あることをデニーン青年に言ったのです。その人物が、実はその後、彼を殺すことになるのですが。そして、あることを言われたデニーン青年は、新たに手に入れた財産が危ないのではないかと、心配しはじめました。招待客が帰りはじめると、デニーン青年は自分の部屋に戻り、模造ダイヤモンドを取り出し、本物が飾ってあった『贈り物の部屋』に模造品を飾り、本物のダイヤモンドはこっそり自分の部屋に持ち帰ってしまったのです」

再び私は話すのをやめた。室内は演説家が声を出す直前のクエーカー教徒の集会のように静まりかえっていた。しかしケンプはにやにやしていた。

「反論がありますか、ケンプさん?」私は優しく声をかけた。

「ダイヤモンドを目の前に出してくれれば、言わせてもらうよ」彼は答えた。

「遠慮しないで言ってください」私は言った。「ジェームズ・デニーン青年の部屋の二灯読書用ランプの油壺の中から、三時間ほど前に取り出しました」

そう言いながら、私はデニーン家のダイヤモンドをふところから取り出して、真ん中のテーブルに投げ出した。

そう、これが演出第一弾だ。殺人の前の晩にデニーン老人がやった行動を、まねしたくてたまらなかったのだ。詳しい説明はいらない。ボールを一投げして、すべてのピンを倒せばいいだけだ。

唯一意味のあることを口にしたのは、ご想像の通りケンプだけだった。

「宝石が盗まれたとき、君は隣の部屋にいたんだから、ベアードさん」彼は怒鳴った。「君にとって不利なんじゃないか」

「そうかしら?　まあ、そう思われるかもしれませんね。とりあえず私の話に戻りましょう。

宝石を確保して、当然ですがジェームズ・デニーン青年はかなり神経質になっていました。ぴりぴりしていると、誰かの話し声が『贈り物の部屋』から聞こえてきたので、守ろうとしていた宝石を狙う泥棒を捕まえようと、そこに戻りました。しかしそこにいたのはケンプさん、あなたと私だけでした。そして彼はすぐに自分の部屋に戻り——生きてそこから出られませんでした。

もう一人、廊下に人気《ひとけ》がなくなるのを待っていた人物がいました。近くの部屋からしのび出て、ケンプさんと私が一階のデニーン老人を呼びに行ったときに、本物だと信じ込んで模造ダイヤモンドを盗んでいたのです。それはケンプさんもご存じの通り、午前三時頃の出来事だったにちがいありません。泥棒はおそらく私たちが階段を上がり戻ってくるのが聞こえたのでしょう。盗品をすぐに隠さなければいけないので、窓から回廊の屋根を越えて外に出ました。そして犯人が盗んだ品物を隠しに行くとき、屋敷のある人に目撃されて会話を交わし、その後、闇のなかに消えていきました。

さて、殺人事件は後回しにさせてください。その後数日の泥棒の行動を追いましょう。泥棒は敷地内のどこかに盗品を隠しました。しかしできるだけ早く現金に換えなくてはいけません。私が間違っていなければ、ドゥーナーさん、その人物は一週間以内に闇株屋たちに元本と利子を耳をそろえて返さなければいけないんですよね?」

私は、調査を依頼したライバル事務所の知り合い二人のほうを見た。覚えていらっしゃるだろうが、ある人物の財政状態を調べてもらったのだ。

彼らはうなずいた。そしてそのうちの一人、ドゥーナーは言った。

「二万ドルの損です。小麦の先物取引で値上がりを期待していたようですが、毎日下がりっぱなしです――抵当権でがんじがらめですよ」

「ありがとう」私は続けた。「この泥棒はどうやって盗品を処分すればいいかわかりませんでした。途方にくれていると、アンブローズ・ケンプが泥棒に、相談に乗ろうと声をかけました」

ケンプは我を忘れた。

「嘘をつくな！」彼は怒鳴り、小柄な体を震わせた。もしホワイティ・ギルバートが――今は付けひげをひねっている――素早く的確に顎を一撃して、床にしずめていなければ、私に飛びかかっていただろう。

「ホワイティ」という言葉は昔から悪口に使われていたが〔白人をさげすむ意味がある〕、あのパンチにはそんな悪評を吹き飛ばす力があった。

「ホワイティ」私は言った。カー検事がよろめいているケンプに手を貸して立たせ、混乱が収まりつつあった。「付けひげなんて取りなさいよ。ケンプさんがあなただってよくわかるように――そしてあなたが手に持っている箱を、どこで手に入れたか説明して。さっきみたいな乱暴をして落とす前に」

「ドノヴァン爺さんのとこだ」ホワイティは説明した。「ケンプが持ってきたって言っていた。ケンプは本物だと思ってたみたいだな。でもドノヴァン爺さんの目はごまかせない。たったの千ドルしか渡さなかったそうだ。もっともたぶんその何倍も価値があったはずだ、それがほんもんだろうがにせもんだろうが」

私は箱を手にして、その中身を本物の宝石の隣に置いた。専門家しかその違いはわからないだろう。

「ご覧ください」私は言った。「見分けがつきません。泥棒はケンプさんに本物の宝石だと言い、ケンプさんはそれがいつ盗まれたものか確かめもせず、本物だと信じ込んでしまったのです。彼は泥棒に、ニューヨークで最も知られた『故買屋』の住所を教え、私は泥棒がその箱を持って出かけるのを目撃しました。しかし――反対に私がつけていることもばれてしまいました。泥棒は引き返しました。その後、もともとの取り決めよりも分け前を増やすという申し出を受けて、ケンプ本人が宝石の処分に出かけました。私は彼を二十三丁目とブロードウェイの角まで追跡しました。そこから、さきほどのギルバート氏の説明の通り、模造ダイヤモンドはドノヴァンのところに持ち込まれました。殺人については、ケンプさんはまったく何も知りません。彼の名誉のために言っておきます。ケンプさんはフレデリクス氏が本物だと信じ込んで模造ダイヤモンドを盗み、ジェームズ・デニーン青年を殺害したと、信じていました。

ケンプさん、あなたの言葉を借りれば、この件はわかりきったことよね。私は故買の罪であなたの逮捕状を請求しました」

あいつは言い返そうとしたが——今回はホワイティをにらみつけながら——しかし地方検事が遮った。「おい！」検事は今や完全に私の側に立って、「こんな微罪で済んで幸運だったと感謝するんだな」

「そして」私は付け加えた。「本物の泥棒ですが、デニーンご夫妻、どうぞ気を確かにお持ちください。模造ダイヤモンドを盗んだのは、息子さんのブロムリーです」

すると、母親は悲鳴を上げて「純真な坊や」の名前を呼びながら抱きついた。この純真な坊やは崩れ落ちて泣き出した。そして厳格な老父は頭を両手で抱えた。私にとってもつらかったが、しかしさらに大変なことがこの後に待っているのだ。デニーン氏と秘密の面会をしたときに、準備をしておいた。犠牲を払っても犯人を捕まえるべきだと言っていた老人が、まず我に返り、先を続けるよう要求したのも当然だった。

「では話を続けます。殺人事件についてです。ブロムリーは模造ダイヤモンドを隠した後——ほんの二分間しかかかりませんでした——屋敷に戻ってきました。しかし彼が脇のポーチに戻ってきたとき、再び窓から声をかけられました――今回は兄の部屋からささやき声が聞こえたのです。そこに立っていたのは殺人犯でした。ケンプ、デニーン氏そして私が『贈り物の部屋』にいるのが聞こえたので、血まみれの服では廊下に出られなかったのです。ブロムリーは当然何が起きたかなんて知りません――しかし彼は事後従犯になりました――血まみれの洋服が投げ下ろされて、地下室に持って行って焼却するよう、殺人犯に命じられたのです。そして殺人犯は死体がある部屋から出ました。ブロムリーはその命令に従いました。しかし彼は金属製の飾りボタンを処分するのを忘れていました。後にそれを私が焼却炉の中で発見し、今日になってそれが殺人犯の洋服についていたことが判明しました。さらに、私はあと少しで地下室でブロムリーを捕まえるところだったのですが、彼は逃げてしまいました。ブロムリーは散歩から帰ってきたふりをするのがいちばんいいと判断しました――それが午前四時のことでした。

さてお話は、三十五年前のロンドンにさかのぼります。そこでデニーン氏は――さきほど彼は、思い切って私に告白してくれました――一見するとパブですが、実は盗んだ品物を買い取る店を、テムズ川沿いのワッピングで経営していました。彼は小金を貯め、少しずつ上質のダイヤモンドを集めていました。これらを決して売らなかったので、皆さんの目の前にあるほどの財産になりました。

ついに彼はそれまでの人生を一変させる決心をしました。彼はダイヤモンド以外のすべての財産を現金にして、わが国にやってきました。彼は取引相手の評判もよく財産もあったので、模範的市民として皆から尊敬されるようになりました――そしてある美しい女性と恋に落ちました。彼女は今回の事件とは関係ないので名前は伏せます。ところがそのときロンドンの昔なじみと出くわしたのです。

その人物は女性で、赤ん坊を腕に抱いていました。彼女はデニーン氏に、あなたの子供だと告げたのです。彼女は手紙も持っていると言いました。彼の筆跡から、かつての『故買屋』としての経歴がばれると彼を脅しました。手短に言うと、その女性はデニーン氏と結婚し、彼を悩ませ、ずっと苦しませています――そして今、そのテーブルに、その女性は座っています」

もちろん、私が男性だったらこんな推理はできなかっただろう。しかし私は、彼女よりも女らしかったし、どのようにして彼女が長年気の毒な夫をいじめ苦しめてきたか――どのようにして夫を嘆き悲しませ脅迫してきたか――昼も夜も彼の頭の上にダモクレスの剣をぶら下げてきたかと思うと――ついに老人が最後の力を振り絞って、彼女の真実を話してくれたのは、本当にうれしかった――陰鬱な、まだ美しさの残る顔に指を突きつけられるのが喜びだった。全員が息を詰めて視線を彼女の顔に集めた。

彼女は静かにすすり泣きながら座っていた。ブロムリーはその前でひざまずいていた。私が口を開こうとしたとたん、デニーン夫人が先制した。やはり彼女は本物で一流の賭博師だった。その表情は平静を取り戻し、目は冷たくなり、それでも貴婦人としての役割を忘れてはいなかった。

「まさか」彼女はほっそりとした宝石だらけの指でブロムリーの髪の毛をとかしてやりながら、平然として言った。「まさか――わたくしの息子を泥棒として告発して――そしてわたくしが自分の長男を殺したとおっしゃりたいわけ？」

「いいえ」私は答えた。「あなたに不利な証拠を見つけるなかで、そこが問題でした。私は全員を消去法で落としていき、残ったのがあなたと夫のデニーン氏でした。ローレンス――フレデリクス氏が犯人である可能性はありましたが、一人の女性として、彼は違うと直感しました！　だからあなたとご主人だけが残ったのです。私はデニーン氏を今日、説得しました。最初はあなたが犯人であることや私の推理には納得されていませんでしたが、昔の話をしてくれました。そしてあなただけが残ったのです。どんなにひどい母親でも、自分のお腹を痛めた息子を殺すわけがありません——だからジェームズ・J・デニーン青年はあなたの息子ではないのです！

「わかりますか？」私は叫んで、恐れかしこまっている男性陣のほうを向いた。「彼女はロンドンの貧民街のどこかの子供を、わざわざ連れてきて、デニーン氏の子だと言って押しつけたのです。そして数多くの強靱で善良な男性たちと同様に、デニーン氏もこの罠にまんまとかかってしまいました。

しばらくはすべてうまくいっていました。しかしその後ブロムリーが生まれました——二人の本当の息子です。日々、年々、出自は決してあかせない子供が育っていくのを、彼女はただ黙って見ることしかできませんでした。その子供には何の権利もないのに、やがて、彼女が生んだ子供がすべて相続するはずの巨額の財産を手に入れるのです。そうした憎悪が彼女の中で十八年間積み重なっていき、ついには結婚祝いとしてジェームズ・デニーン青年に与えられたあのダイヤモンドが象徴するように、すべてが彼のものになるのを見てしまったのです。

彼女はほほえみを絶やしませんでした。婚約のお祝いにニューヨークの彼女の住宅を——『息子』のジェームズに渡しました。そして最後の夜、彼女はジェームズのところへ行き、真実を話したのです。デニーン氏には秘密にしておくから、大金を渡すので姿を消してほしいという彼女の提案に、ジェームズは従うだろうと期待していました。彼女が夫に秘密をばらしたら、夫は妻も息子も着のみ着のままで放り出すかもしれないと脅迫したのです。

ジェームズ青年は、夫人のはったりだと言いました。現在の彼女が生き方を変えられるわけがないと思っていたし、年齢のこともありますから、彼女が生活を一新できるわけがないとわかっていたのです。自分の秘密は夫人の秘密でもあるのだから、彼女が夫に真実を話すはずがない。だからこそ彼女を警戒して、ダイヤモンドが夜中に盗まれないようにするため用心したのです。夫人はジェームズの部屋に行って懇願しました。デニーン氏は、証拠のボタンは妻の化粧着のボタンだと確認してくれるでしょう。そしてほかの証拠もすべて決定的です――二人は口論をして――彼女が彼の喉を切り裂いたのです！」

これでおしまいだ。私はどんな物語でも、結末が長々しい話は好きじゃない。ともかく、デニーン家事件はもう記録の中に埋もれている。あの女性は、ご存じの通り、今は監獄付属精神病院に入院している。慈悲深いお国が、絞首刑にできない精神状態の囚人を入れるところだ。ブロムリーは――事後従犯だったが検察側の証人になったおかげで釈放され、ワイオミングの農場に隠れ住んでいる。そして私はといえば、このお話の中でもう十分説明していると思う。ローレンス・フレデリクスはイヴリン・ブレーズデールと一八九四年に結婚した。そして私は、かわいいけれど昔風の、ルビーと二つのダイヤモンドがついた指輪をいつも身につけているのだ。

解説◎『駆け出し探偵フランシス・ベアードの冒険』とアメリカの女性探偵——村上リコ

時代の節目、一八九〇年代のアメリカ（とイギリス）

『駆け出し探偵フランシス・ベアードの冒険』はR・W・カウフマンによって一九〇六年に発表された探偵小説である。設定上の年は一八九三年、舞台はニューヨークと郊外の屋敷。探偵事務所に勤める新人女性探偵フランシス・ベアードが、とある資産家からダイヤモンドの装飾品一式の警備を頼まれて、ダンス・パーティに潜入するも、残虐かつ奇妙な事件に遭遇する。そして彼女は、ある出会いをきっかけに、周囲の助けも借りずに謎の解明に乗り出していく。

二〇世紀の初めから、一九世紀末を振り返って書かれた作品だ。発表された年と、作中の設定年に特有の歴史背景は、娯楽を主としたフィクションではあっても、細部や人物像から読み取ることができる。いま、この文章を書いているわたしは、イギリスの生活文化を専門に、いろいろなタイプの文献に接しているが、今回はじめて一〇〇年以上前に書かれたアメリカの探偵小説に触れることになった。いつも自分があつかっている範囲と同じ一九世紀末〜二〇世紀初頭に書かれた作品で、なおかつどちらも英語圏の話でも、国が違えばずいぶん変わるものだ、しかし変わらないところも、直接・間接の影響を受けているところもあるようだ、と心ひかれる。そういうわけで「いつもは一九世紀末〜二〇世紀初頭のイギリスの生活風俗のことばかり考えている人間」が、同時代のニューヨーク近郊を背景とする本作から、特に強い関心を抱いたトピックを中心に論じていきたい。

まず、舞台に選ばれている一八九三年という年について。その三年前の一八九〇年に、アメリカでは「フロンティア消滅」報告があった。フロンティアとは、白人入植者がごく少ない地域のことで、フロンティア・ラインといえば、白人の支配する世界とその外側——先住民の土地との境界線をさす。それまで、国家をあげて先住民の掃討が推進されてきたが、それがひとまず完了したことが表明されたのである。

一方、ちょうど一八九三年に、シカゴでは大規模な万国博覧会が開かれている。壮麗な白亜の建物に、美術、工芸、各国文化、産業機械などが展示され、進歩の象徴ともいえる電気を随所に使用していた。博覧会を通じて、アメリカの進歩と繁栄ぶりを、自国民と世界各国に誇示したわけである。

国際博覧会を利用した国威のアピールは、一九世紀を通じて世界各地に共通する流れだった。一八五一年にイギリスのロンドンで世界初の万国博覧会が開かれたとき、ハイド・パークには鉄とガラスの建造物「水晶宮《クリスタル・パレス》」が建てられ、その斬新さで世界中を驚かせた。そのことを強烈に意識して、一八五三年のニューヨーク博覧会でも鉄とガラスの「水晶宮」が建造された。が、このときの収支は赤字だった。四〇年後、一八九三年シカゴ万博は、一九世紀のアメリカで最大規模の博覧会となり、商業的に大きな成功を収めた。このとき、アメリカという国は、文化的にも経済的にも、いまやイギリスやヨーロッパに追いつき追い越したのだ、と示そうとしたのだろう。

個人がひと山当てることを狙った時代から、大規模な工業化、都市化の時代へ。一八九〇年代のアメリカは、現代につながる節目とみることができる。「フロンティア消滅」の瞬間に先住民への迫害が終わったわけではもちろんないし、広い国土が足並みをそろえて発展したという話でもない。奴隷制の撤廃をめぐって一八六一〜六五年に南北戦争を戦った北部と南部には、経済体制にも思想傾向にも大きな断絶があり、東部と西部の文化・風土もまったく違った。

とはいえ、少なくとも娯楽の世界では、一九世紀の後半の急激な都市化・工業化を背景に、荒野のヒーローものが落ち着き、大都会の探偵を主人公にした小説の人気が高まったといわれている。

アメリカの階級社会

本作の主人公フランシス・ベアードが依頼を受けるデニーン氏は、一八六九年にロンドンから移民してきたという設定だ。その後、油田の開発で財をなし、できた資産を株式投資で何倍も増やして、郊外に屋敷を買い、引退したということになっている。

デニーン氏の宝石をその経済的価値のために強く欲するキャラクターも出てくる。この人物も鉱山への投資で成り上がることをもくろんでいるが、一攫千金の世界にあとから参入しようとしても、なかなか厳しい。

デニーン氏の地所の隣には、長男と婚約中の女性が母親と住んでいる。経済的に困窮する彼女たちの家は、「落ちぶれた上流階級を絵に描いたような屋敷」と表現されている。

ここでいう上流階級とは、前の世代から継承した旧来の富《オールド・マネー》を持つ、古い家柄の人びとのこと。中流階級が抱えているのは、自ら築いた新しい富《ニュー・マネー》。さらに、大きな財産は持たず、雇用されて肉体労働で生きる労働者階級がいる。なお、アメリカには先住民、有色の人びと、ラテンアメリカやアジア系移民も数多く存在し、農場労働、家内労働その他の仕事についていたが、本作にはそうした人の姿はわかる形では描かれていない。

作中に配置されたキャラクターの背景とそれぞれの欲望には、このような当時のアメリカの階級社会が表われている。一代で財産を作った新興成金が、屋敷や宝石やインテリアを整え、息子を経済的な苦境にある血筋のよい令嬢と結婚させようと考える。そして自分は引退して、不労所得で生きる紳士としての「あがり」をもくろむ。上流の家柄とはいっても、アメリカはそもそもヨーロッパの王の統治を拒否して独立した国なので、王政の権威につながる独自の貴族制度があるわけではない。また、「油田」「鉱山」「倍々ゲームの株式投資」で大金持ちになった、という作中の説明には、地域性が表われている。とはいえ、この時期の階級の流動には、デニーン氏があとにしてきた当時のイギリス、ロンドンの状況と似たところがある。そのころはイギリスでも、産業革命の影響のもと、工場主や銀行家などの上層中流階級が勢いをのばし、子ども世代の結婚をとおして貴族と結びつくことで、ひとつ上の階級を目指していた。

それはそうと、ヒロインのフランシス・ベアード嬢は、一般に用いられる当時の三階級の枠組みに当てはめた場合、どのあたりに相当するのだろう。このころアメリカの都市部では、学校教師や秘書、会社の事務職など、白人中流女性がつくことのできる職が広がりつつあった。「探偵事務所所属の新人女性探偵」は、そこに含まれるのだろうか？　それとも工場づとめの「ワーキング・ガール」、メイドや料理人、ショップ店員などと同じ労働者階級なのか？

一人称で書かれた小説でありながら、ベアード嬢は家庭環境や経歴についてはあまり語らない。しかし「顔もかわいいし、頭もいい。花嫁学校も出たし、もちろん一、二年外国にも行ったのに――」というせりふからは、もとは中流か上流のお嬢さんだったことが読み取れる。誰に聞き込みをしても、話し方に違和感を持たれず、ドレスで着飾れば、紳士淑女のダンス・パーティにも溶け込める。花嫁学校仕込みのマナーだろうか。過去に何か「ちょっと間違った」せいで結婚へのレールを外れて探偵を続けざるを得なくなったらしいが、具体的な事情はわからない。ともあれ彼女の探偵としての現在は、会社づとめの事務職に近い立ち位置に見える。

ところで、気になることがもうひとつ——そもそも当時のアメリカに「職業・女探偵」は、実在したのだろうか？

一九世紀アメリカの「職業・女探偵」

実のところ、日ごろはイギリス側の資料と格闘しているわたしが、本作を読んでもっとも衝撃を受けたのは、主人公のベアード嬢が「探偵事務所づとめのプロの女性探偵」として登場することだった。若い未婚の中流女性が、危険な職業探偵の仕事に単身で取り組み、おまけに賃金で自活とは（給料は前借り、家賃は二か月滞納の状態だが）。家庭を尊び、男性に従属し、庇護されることが当然とみなされていた「ヴィクトリア時代のレディ」としてはかなり先進的な生き方だ。それを特に否定するでもなく扱う探偵小説は、同時代のイギリスでは、皆無ではないにせよ総じて珍しかったと思われる。

しかし、アメリカの歴史上は、本作より三〇年以上も早く、架空の存在ではないほんものの職業女性探偵が登場していた。

アメリカの探偵社であるピンカートン社は、一八五〇年にスコットランド系移民のアラン・ピンカートンがシカゴで始めた個人調査・警備会社だ。数多くの探偵・スパイ小説、映画やドラマ、シャーロック・ホームズシリーズの『恐怖の谷』にも登場し、私立探偵事務所の代名詞のようになっている。

アラン・ピンカートンは、活動開始まもない一八五六年には、すでに寡婦というふれこみの若い女性を採用していた。当時二十三歳の彼女の名はケイト・ウォーン、「アメリカ最初の女探偵」ともいわれている。ケイト・ウォーンはピンカートンの信頼を勝ち得、重大な犯罪の捜査や、要人警護の補助などにかかわるようになった。とりわけ、女性の調査対象者に近づいて信用させ、必要な情報を引き出すという仕事に才能を発揮した。殺人容疑者の妻と友人になったり、占い師に扮して話を聞き出したりと、小説顔負けの潜入調査もおこなったという。

特に重大な仕事というと、一八六一年、リンカーン大統領暗殺を狙った「ボルチモア計画」の阻止だ。大統領に当選したばかりのリンカーンを、鉄道で就任式へ向かう途中に殺害しようとしたこの計画を事前につかんだピンカートンは、何人かの工作員とともにウォーンを現地のボルチモアへ送り込む。彼女は経歴を偽って南軍支持者の女性を装い、容疑者の妻や娘と親しくなって、実行計画の情報を引き出したという。『ピンカートン探偵社の謎』(久田俊夫)によれば、リンカーンを変装させ、日時をずらして危険な場所をうまく通過させる手配を彼女が担ったという話もあるらしい。

所属は私企業だが、やっていることは合衆国政府側のスパイである。ケイト・ウォーンは初めての「職業・女探偵」であり、「北軍の女スパイ」でもあった。はっきり彼女であると確定した写真は残っていないようだが、「美人とはいえないものの、知的なタイプ。正直そうで、悩みのある人は思わず秘密を打ち明けたくなる顔」をしていたという。ウォーンは病により、一八六八年に世を去った。

確かにウォーンは突出して有能な女性だったのかもしれないが、当時、この種の働きをしたのは彼女だけではなかった。敵対する南軍側にも、自らの意思で大義のために働く美貌の女性スパイが存在し、続く時代にも職業的な探偵、スパイ、警察の協力者といった立場の女性はいた。

『駆け出し探偵フランシス・ベアードの冒険』のベアード嬢は、まず正体を隠して客を装い、パーティに潜入する。そして調査対象のひとりに「実は私は探偵なの」と打ち明ける展開になる。しかし、それを知らされた相手の反応は「見る見る浮かない顔になった」にとどまり、彼女のような若い未婚の女性がその仕事についていること自体は不問に付されたまま話は進む。これは、単に探偵小説というジャンルにおける約束ごとであって、現実もそうだったというわけではないかもしれない。しかし当時のアメリカでは、ピンカートン社をはじめとする探偵の活動を報じるメディアは多く、その存在は認知されつつあった。同時代の大衆向け週刊新聞には、実際の探偵の活動を紹介する記事と、荒唐無稽な探偵小説が同じ紙面に掲載されていたという。ベアード嬢の職業に対する作中の反応は「探偵やスパイはどこにでもいる」「正体を隠して潜んでいる」「誰でも探偵になりうる（一見ふつうの、若くて可愛い女性でも）」「こういうことも、ひょっとしたらあるかもしれない」という心構えが、少なくともこの物語を楽しむアメリカの読者にはできていた、ということを示しているのではないだろうか。

イギリス人の見た「アメリカの娘さん」の魅力

ベアード嬢について驚いたのは、彼女の職業だけではない。性格や話し方など、彼女のキャラクター描写が、全体的に「強い」と感じたのだ。自分の考えは主張し、自信と落胆を行き来し、私情たっぷりで負けず嫌い。「勇敢」で、心が動けば迷わず行動する。ひとりで地下鉄にも乗るし、留置場にも行く、男性とも、裏社会に近い人間とさえも、物おじせずに渡り合う。このような言動は、地味で奥ゆかしいヴィクトリア時代のレディ像とはかなり違う。もし彼女が一九世紀イギリスの良家の令嬢なら、当時のエチケットに厳密に従えば、危険が予想される場所に出かけるなら、既婚婦人の「目付け役《シャペロン》」か、付き添いのメイドか従僕、信頼のおけるエスコート役の紳士を要したところだろう。

一九世紀のイギリスとアメリカの女の子たちには、どんな気質の違いがあったのか、あるいはそう思われていたのか。少し時代をさかのぼって『若草物語』（ルイザ・メイ・オルコット 一八六八年 吉田勝江訳）を引いてみよう。アメリカの南北戦争期を舞台にした、少女小説の古典である。この作品には、主人公四姉妹の隣家の少年ローリーのもとへ、イギリスの良家の若い男女が遊びに来るエピソードがある。令嬢のひとりは「つんととりすました様子」で、自分たちの上品ぶりをさかんに鼻にかけるが、ジョーたち姉妹と一日楽しく過ごしたあとは「むきだしなところはあるけれど、アメリカの娘さんて、よくつき合えばいい方たちね」などと言って帰っていく。よそよそしく近寄りがたいイギリスの令嬢にくらべて「アメリカの娘さん」は率直で親しみやすい、というのが、アメリカ人作家オルコットの見立てだったのだろう。

『若草物語』からちょうど一〇年後、中編小説『デイジー・ミラー』（ヘンリー・ジェイムズ 一八七八年 行方昭夫訳）にも、タイトルになっている「アメリカの娘さん」が登場する。スイスやローマの社交の地を舞台に、アメリカ人の青年ウィンターボーンが、持参金はあるが身分はさほど高くない、美しいアメリカ人の娘デイジーに恋をする。彼女は無邪気で愛らしく「遊び好き」で、複数の男性とおおっぴらにつきあっている。しかし、礼儀作法に厳しい社交界の貴婦人たちは、彼女の行動を「無分別」とみなし、受け入れようとしない。

美しく大胆で、最先端のドレスを着こなし、感性ゆたかで、自由と楽しみを貪欲に求めるが、ほんとうは純情かもしれない――そんなデイジー・ミラーの人物像は、当時のイギリスやヨーロッパで、アメリカ美人の象徴のように受け止められたようだ。ここで「アメリカの階級社会」の項で述べたような、「ビジネスで富を蓄えた上層中流階級が、貴族との婚姻を結んで社会的地位の向上を目指す」という流れが意味を持ってくる。

イギリス貴族の側から見ると、一八七〇年代以降、南北戦争後に急成長したアメリカ産業に押されて収入が減少し、没落への道をたどる彼らのほうでも、裕福な上層中流階級との縁組を求めていた。莫大な持参金を携えた「女相続人」を跡継ぎ息子と結婚させて、金喰い虫の家屋敷を維持しようとしたのである。相手の条件としては、もちろん財産が最重要事項ではあるが、できれば好みの美人の方がいい。当時は「建前上は」恋愛結婚が主流であったので、親たちはさまざまな暗黙のプレッシャーを与え、家柄や世間体に照らしてふさわしい相手とだけ出会うように仕向けながら、最終的には相手選びは当人たちの意志にゆだねていた。

こうして、意にかなう女相続人を手に入れるべく、ロンドンやニューヨークの社交界に送り込まれたイギリス貴族の子息たちは、こぞって「アメリカの娘さん」を選んだようだ。当時のイギリスの風刺漫画には、ファッショナブルで色っぽいアメリカの女相続人が人気を集め、貴族の花婿候補を英国の女の子からねこそぎ奪ってしまう、という危惧をユーモラスに表現したものがよくある。パメラ・ホーンの『ハイ・ソサエティ』（一九九二年）によると、一八七〇年から一九一四年までのあいだに、一〇二人ものアメリカ女性がイギリス貴族の男性と結婚し、一九〇〇年代初頭には貴族の結婚一〇組につき一組は花嫁がアメリカ人という比率であったという。

伝統や礼儀作法に忠実で、与えられた枠組みを守ろうとするイギリスの令嬢と、自立心に富み、自由と快楽を追求するアメリカの娘さん――そんな女性像の対比は、文学や風刺画に描かれてステレオタイプ化し、社交界という結婚マーケットにおいても、事実のように語られてきた。そこには、イギリスという古い国から独立して生まれたアメリカが、自由を尊ぶ独自の文化を育て、産業や経済の面では元の国を追い抜いてしまった、という歴史的経緯が投影されているようにも思えてくる。

『駆け出し探偵フランシス・ベアードの冒険』のヒロインのベアード嬢も、探偵として秘密裏に行動するには少々素直すぎるような人物だ。一人称の心の声は、ときに毒舌なほど率直に好悪の感情を表明する。自分の可愛さを自覚していて、綺麗なものを求める。おしゃれと美男と宝石が好きで、同性を見る目はちょっと厳しい。良家の令嬢をよそに、直感を信じて、自分だけの真実を追求する。そんな彼女は「アメリカの娘さん」の伝統につらなるヒロインといえるだろう。

（文筆・翻訳家）

訳者あとがき

平山雄一

十九世紀から二十世紀初めにかけて活躍した女性探偵を紹介する「シャーロック・ホームズの姉妹たち」の二冊目をお届けします。

一冊目『質屋探偵ヘイガー・スタンリーの事件簿』はイギリスを舞台にした短篇集でしたが、本書『駆け出し探偵フランシス・ベアードの冒険（*Miss Frances Baird, Detective: A Passage from Her Memoirs*）』（Boston, L.C. Page & Company, 1906）はがらりと変わってアメリカを舞台にした長篇探偵小説です。

著者のレジナルド・ライト・カウフマン（一八七七〜一九五九）はアメリカの小説家、ハリウッドの映画作家でした。ペンシルヴァニア州コロンビアで生まれ、一九〇〇年にハーバード大学を卒業すると、一九一一年に最初の著書 *The Girl That Goes Wrong* を発表します。さまざまな新聞雑誌に作品を発表しつつ、「バンゴール・メイン・デイリー・ニュース」紙の新聞記者になりました。またアメリカ海軍の通信員として派遣されています。

彼はさまざまな小説を発表しましたが、探偵小説は本書とその続編である *My Heart and Stephanie* (Boston,L.C. Page & Company, 1910）だけのようです。専業の探偵小説家でなかったので、今まで誰も彼の作品に注目してこなかったのでしょう。

探偵小説黄金時代はE・C・ベントリーの『トレント最後の事件』（一九一三）を嚆矢《こうし》とすると言われています。それ以降一九三〇年代にかけて長篇本格探偵小説が、アガサ・クリスティ、S・S・ヴァン・ダイン、エラリー・クイーンなどの手によって次々に発表されました。しかし別に相談して「今から始めよう」と決めたわけではないので、新しい時代を予感させる作品が、それ以前にぽつりぽつりとあったとしても、不思議ではありません。本書もそうした黄金時代を予感させる作品です。

女性探偵が登場する古典作品を調査しようと、コリーン・バーネット『ミステリーの女性たち：推理小説の主要女性登場人物事典』（Poisoned Pen Press, 1997）という参考書を頼りに、めぼしい作品を調べていると、たまたま本書が掲載されていました。著者の名前も他の参考書に言及もなく、最初はあまり期待しなかったのですが、読み進めていくうちに、本書の一九〇六年に書かれたとはとうてい思えない内容に驚きました。「思考機械シリーズ」の新聞連載が始まったのが一九〇五年、ガストン・ルルーの『黄色い部屋の秘密』やモーリス・ルブランの『怪盗紳士ルパン』が発表されたのが一九〇七年でした。ところがこの作品はまだエドワード朝時代にもかかわらず、いわゆる「館」と呼ばれる舞台設定の本格推理となっています。しかも主人公の探偵のひねりがきいています。若い女性で、しかもあまり優秀な探偵でなく、今にもクビになりそうだというではありませんか。そんな女性が一人称で事件を語るのです。

またリロイ・ラッド・パネクの『アメリカ探偵小説の起源』（McFarland, 2006）では、この作品は女性探偵をアマチュアからプロへと引き上げたと述べています。彼女は作品中で何度も繰り返されているように、生活に迫られてプロの探偵になりました。そして美人だ、かわいいと言われる特徴を、臆面もなく捜査に利用しています。彼女は世間を知らないお嬢さんではないのです。相棒にしてライバルの男性探偵を翻弄し、裏をかきます。自分の力だけで生きていく、そのためには何でも利用してやろうという貪欲な独立した精神の持ち主、舞台は十九世紀ですが、実際は二十世紀の女性でした。

この本を読みながら、もしこの作品を現代の女の子の口調で、「ラノベ風」の文章にしてもまったく違和感がないだろうと感じました。それだけこの作品には現代的な感覚が満ちあふれており、登場人物が生き生きしているのです。同時代に同じアメリカで生まれた名探偵「思考機械」の、神のような偉大な頭脳というような名探偵ぶりが、古典の探偵小説の定番でしたが、その影に隠れて何度も失敗を繰り返して右往左往する「へっぽこ探偵」（しかも美人でかわいい）がいたなんて、本当に驚きました。しかも彼女は事件の容疑者に恋をしてしまい、それが彼女の縦横無尽の捜査探偵の原動力になっています。黄金期の探偵小説では恋愛を作品中に持ち込んではいけないと言われていました。しかしこの作品では、フランシスは恋愛を逆手に取って物語を進めて行くのです。

しかもカウフマンは前書きで、実際にアメリカで起きたさまざまな事件を上げ、フランシスが実在の人物であるかのように、これらの事件を解決していて、この話もフランシスの体験を元にしていると示唆しています。著者がこうして作品に姿を見せるのは、「アルセーヌ・ルパン・シリーズ」のルブランや、「金田一耕助シリーズ」の横溝正史などにある趣向です。また実際の時代背景としても、女性のプロの探偵が活躍していてもおかしくない時代になっていたことが、伺われます。

この作品での女性の服装は、前世紀のヴィクトリア朝時代の足がまったく見えないロングスカートだと思われますが、フランシスは犯人に気づかれないようにこっそり行動するために、なんと廊下でスカートを脱ぎ捨ててしまうのです。もちろんその下にはコンビネーションの下着など、現代の洋服よりもしっかり着込んでいますが、当時の感覚ではとんでもないことです。夜中の真っ暗な廊下を、若い女性がそんな姿でこっそり歩き回っているなんて、女王陛下が聞いたら激怒されることでしょう。

このようにして女性は次第に自由に行動できるようになり、ついに第一次世界大戦を迎えて、戦場に出た男性のかわりに社会でさまざまな役割を果たすことが求められるようになります。その頃にはコルセットやロングスカートで縛り付けられることはなくなり、アメリカでは狂乱の二〇年代がやってきました。そして一方で女性の参政権も各国で認められるようになりました。

この作品の続編 *My Heart and Stephanie* は、フランシスが三十代になり、独立して探偵事務所を構えているという設定です。そして物語を語るのは彼女の助手サム・バートン青年です。しかしその内容はスパイをヨーロッパに行って追跡するというもので、本作の本格探偵小説の作風とはまったく違ってしまっていて、この本を発見するきっかけになったバーネットの研究本でも、低い評価なのは残念です。

しかしバーネットによれば、まだまだ知られざる魅力的な女性探偵の作品が、たくさん紹介されずに埋もれているようです。若いお嬢様だったり、看護師だったり、新聞記者だったり、召使いだったり、家庭の主婦だったり、さまざまな女性が危機に陥り、好奇心に駆られ、そして必要に迫られて頭脳の戦いに挑むのです。こうした作品をまた読者のみなさんに、ご紹介できればと思っています。

著者

レジナルド・ライト・カウフマン(Reginald Wright Kauffman)

1877年-1959年。アメリカの作家、映画作家。他の作品に The House of Bondage (1910)、The Spider's Web (1913) などがある。

訳者

平山雄一（ひらやま ゆういち）

1963年生まれ。東京医科歯科大学大学院修了、歯学博士。翻訳家、探偵小説研究家。訳書に『ウジェーヌ・ヴァルモンの勝利』（国書刊行会）、『隅の老人完全版』（作品社）など。

シャーロック・ホームズの姉妹《しまい》たち
駆《か》け出《だ》し探偵《たんてい》フランシス・ベアードの冒険《ぼうけん》

2016年12月10日　初版第一刷　発行

レジナルド・ライト・カウフマン著
平山雄一訳

発行者　佐藤今朝夫
発行所　株式会社国書刊行会
〒174-0056　東京都板橋区志村1-13-15
電話　03-5970-7421　ファックス　03-5970-7427
http://www.kokusho.co.jp

装幀　柳川貴代
カバー装画（切り絵）　佐川綾野

印刷・製本　中央精版印刷株式会社

ISBN978-4-336-05993-2

ホームズと同時代の女性探偵の物語

シャーロック・ホームズの姉妹たち

質屋探偵ヘイガー・スタンリーの事件簿

ファーガス・ヒューム 著　平山雄一 訳

駆け出し探偵フランシス・ベアードの冒険

レジナルド・ライト・カウフマン 著　平山雄一 訳

古今東西のホームズ・パロディを集成

ホームズ万国博覧会

中国篇

上海のシャーロック・ホームズ

樽本照雄 編訳

インド篇

ホームズ、ニッポンへ行く

ヴァスデーヴ・ムルティ 著　寺井杏里 訳